DOMAINE FRANÇAIS

ORPHELINS DE DIEU

DU MÊME AUTEUR

PRISONNIER, Albiana (éd. bilingue corse-français), 2000.

SAINT JEAN À PATMOS, Albiana (éd. bilingue corse-français), 2001.

51 PEGASI ASTRE VIRTUEL, Albiana, 2004.

EXTRÊME MÉRIDIEN, Albiana, 2009.

VAE VICTIS, Materia Scritta, 2010.

COSMOGRAPHIE : CHRONIQUES LITTÉRAIRES 2009-2010, Colonna Éditions (éd. bilingue corse-français), 2011.

HISTOIRE DE LA CORSE (avec Didier Rey et Thierry Schneyder), J.-P. Gisserot, 2012.

MURTORIU : BALLADE DES INNOCENTS, Actes Sud, 2012.

© ACTES SUD, 2014
ISBN 978-2-330-03593-8

MARC BIANCARELLI

Orphelins de Dieu

roman

ACTES SUD

*Ce livre à la mémoire
de mon ami, mon frère, Pierre Ciabrini.*

When the legend becomes fact, print the legend.

JOHN FORD,
The Man Who Shot Liberty Valance,
1962.

...oggi sono venuti da me diversi da Castelnuovo, ed altri luoghi raccontendo di avere veduti de Corsi ne boschie e chiedendomi riparo per la loro sicurezza. Ho procurato di fargli animo ma la paura, e l'immaginazione sono difficili a vincersi.

Lettre au Signore Siminetti,
Segreteria Civile, Livourne, 1773
(Archivio di Stato di Livorno).

Les gens ne croient pas qu'une fille de quatorze ans puisse quitter sa maison pour aller venger la mort de son père en plein hiver. Cela ne semblait pas si étrange, alors, mais j'admets que cela n'arrivait pas tous les jours.

CHARLES PORTIS,
True Grit, 1968.

1

Une maison en pierres sèches posée sur la plateforme arasée, au sommet de la colline. Aucune branche haute des oliviers des coteaux ne parvenait à la masquer réellement, elle n'avait pas d'âge. La base des murs semblait d'une plus grande ancienneté, indéterminée, composée au fruit de blocs rustiques et quasi cyclopéens qui s'élevaient sur un pan en rétrécissant et en laissant deviner la première existence d'une tour de guet. Le reste de la bâtisse, comme s'il avait fallu reconstruire sur les vieilles ruines pour en exorciser les outrages, révélait une mosaïque étrange de pierres de taille en granit rouge de proportions diverses. Des linteaux massifs qui avaient été autrefois des idoles vénérées étaient posés sur les encadrements des meurtrières et des portes basses.

La porte d'entrée était de l'autre côté, donnant sur une placette de terre battue, puis plus loin sur l'ubac d'une autre colline déchirée par des rochers monstrueux où venaient parfois nicher des perdrix. Si l'on observait d'encore plus haut sur les crêtes, on avait l'impression très nette que la maison avait été pensée comme un bastion, une forteresse qui surgissait des oliveraies pour défier seule la mer et les îles qui émergeaient d'un horizon de brume.

Pour accéder à la plateforme, il fallait gravir le sentier de dalles encaissées entre des murets défoncés par le temps. La pente du sentier était assez raide, et, de chaque côté des murets, des prés et des jardins semblaient abandonnés par le travail des hommes, et nul animal n'y paissait plus depuis des années.

Il arrivait qu'une femme sorte de la maison. Elle portait une cruche ou un paquet de linge jusqu'au bassin aménagé en contrebas, là où ruisselait la seule source permanente des alentours. La femme empruntait un instant le sentier tout en marchant d'un pas trop rapide. Il lui arrivait de réajuster sa charge péniblement, nerveusement même, de s'accroupir à cet effet tout en blasphémant, puis elle reprenait son pas et on l'aurait dit comme une bête traquée. Ses cheveux jaillissaient sous un foulard roulé en haut de la tête, dont elle ne se séparait quasiment jamais, et ses yeux d'un bleu trop clair exprimaient plus les élancements des fièvres que la limpidité des sentiments. La femme était toujours vêtue d'une même robe grise qui se serrait à la taille et qu'elle portait avec les manches retroussées. Aux pieds, des brodequins usés qu'on lui avait ramenés alors qu'elle était encore une jeune fille.

Parfois la femme s'arrêtait, scrutant les buissons, observant les rochers recouverts d'humus. Ses yeux injectés de haine sillonnaient la végétation épaisse et nul n'aurait pu dire ce qu'elle regardait exactement. Elle ramassait des pierres sur le sol et les jetait en direction des futaies, comme pour en déloger les esprits malins qui l'assaillaient. Des insultes fusaient, des menaces quasiment incompréhensibles, et la femme restait alors là, abandonnée à son songe terrifiant, ou comme rattrapée un court instant par la démence de son attitude.

Elle portait ensuite la main à sa bouche, comme pour s'imposer définitivement le silence. Ou comme si elle regrettait d'avoir insulté ainsi le vide absurde qui l'entourait. Puis quelque chose d'intérieur la rappelait à sa tâche, ou même elle oubliait complètement tout ce qu'elle venait d'éprouver, et elle regagnait sa demeure de pierres sur la plateforme et n'en sortait plus pendant des heures.

Vers le soir s'exhalait le fumet d'une soupe, et la nuit tombait dans des myriades de rouges et de bleus sombres puis de noirs, et aucun bruit de vie n'était plus perceptible nulle part, à part quelques chiens qui s'ébrouaient près de leurs gamelles et s'apprêtaient à intégrer les arches naturelles sous la rocaille pour y affronter les ténèbres.

Toi, disait-elle dans la pénombre, toi tu es ma damnation. Comme je te hais. Qu'est-ce qu'ils ont fait de toi? Viens, ne parle pas. Ne pleure pas. Tais-toi. Il ne faut pas que tu essaies de parler, jamais, ni que tu aies peur. Ils ne reviendront pas. Tu trembles? N'essaie pas de parler. Prends. Sois un homme, je veux que tu sois un homme. Meurs, sinon ils nous tueront. Non. On n'est plus rien, rien du tout. Tu ne les verras plus. Ferme les yeux. Prends.

Le matin, elle descendait de sa chambre, et l'homme était déjà assis près de l'âtre. Il ne faisait rien et n'attendait rien, il ne la regardait pas et se contentait d'être assis là et n'essayait pas de parler non plus. Il était en chemise et portait un pantalon de drap brun et de grosses chaussures en cuir. Le jour naissant perçait péniblement par une meurtrière, et la porte à peine entrebâillée indiquait que l'homme était sans doute sorti, à l'heure qui était la sienne, avant même que le vent ne se soit levé. Puis il était revenu se terrer près de l'âtre et il n'avait plus bougé. On ne voyait pas son visage dans l'obscurité de la pièce, et les bûches à peine ravivées du foyer ne donnaient pas assez de flammes pour qu'on eût pu le voir, non qu'il désirât qu'on le vît. Mais la femme s'approchait et lui tendait un bol de soupe réchauffée où baignait du pain sec. Lorsqu'il saisissait le bol elle voyait son visage et ne le fixait pas, habituée à détourner le regard, non par dégoût, mais dans l'idée qu'un regard trop soutenu l'eût sûrement offensé. L'homme prenait le bol et désignait du doigt une cafetière qui chauffait près des braises. La femme lui versait un café dans un verre et le posait face à lui, à même la pierre de l'âtre. Elle lui parlait enfin et évoquait le vent. La nuit elle avait entendu les chiens. Peut-être avaient-ils flairé un renard, mais elle ne prononçait pas le nom du renard et utilisait un surnom pour le désigner. L'homme se détournait d'elle tout en avalant sa soupe, puis il finissait le café et se levait, il prenait l'escalier et disparaissait à l'étage, retournant à son lit, pour y dormir ou juste pour rester là, allongé, et ne penser à rien. Elle en profitait pour raviver le feu, jetant des brindilles sèches sur les braises et soufflant sur les bûches de la veille. Lorsque les flammes jaillissaient, elles se reflétaient intensément dans les yeux clairs de la femme. Elle avait sans doute été belle, des années auparavant, bien avant qu'un masque de rides ne vînt prématurément buriner sa peau brune de fines crevasses tourmentées. Mais qu'elle eût été belle n'avait absolument plus aucune importance aujourd'hui. Rien ne comptait que cet homme qui était son frère et qui passait ses journées cloîtré là-haut à l'étage, rien ne lui importait d'autre que de plaindre sempiternellement ce misérable que le destin et la main des hommes avaient affublé d'une laideur encore plus grande que la sienne. Elle portait seulement sur son visage le poids précoce des années, peut-être aussi cette habitude aux souffrances les plus vives de l'âme que l'on nomme folie, alors que son visage à lui disait bien autre chose. Il disait juste la honte éternelle et les souillures du passé.

Vue des crêtes décharnées, la maison de pierres sèches semblait écrasée par un temps et des scènes immuables. Même les chiens qui ne couraient plus auraient pu avoir été sculptés dans des débris de roche. Les ombres lointaines de la sœur ou du frère racontaient désormais la survivance et l'ennui de vivre. Des ombres qui ne se croisaient pas et ne rencontraient personne. Seuls la nuit et le secret des quatre murs pouvaient sans doute les rapprocher. On aurait pu être là au bout du monde, ou à la fin des temps.

Le premier village était à des heures de marche, et la ville un lieu où ils n'allaient plus. Ni pour y vendre les maigres produits de la terre qu'ils produisaient encore, ni pour prier un dieu qu'ils avaient depuis longtemps oublié. Leur père et leur mère, et tous leurs ancêtres connus ou inconnus reposaient dans un champ où pourrissaient sans soin les croix de leurs tombeaux. Son nom à elle c'était Vénérande. Et lui vous aurait dit, du temps où il ouvrait encore la bouche, qu'on l'avait un jour baptisé Charles-Marie, mais nul ne l'avait jamais appelé autrement que Petit Charles, non pas en raison de sa taille, mais parce qu'un cousin plus âgé portait également ce prénom familial.

Ils s'étaient complètement coupés de leurs semblables, et s'il n'y avait eu parfois quelque chasseur à cheval pour s'égarer dans le labyrinthe des enclos et des sentiers embroussaillés qui ceinturait leur univers, à la recherche d'un chien à plume ou d'un gibier blessé, ils n'auraient sans doute plus su, ni cherché à savoir, si le monde extérieur existait toujours. Et s'il n'y avait eu, plus récemment, un escadron de la gendarmerie montée envoyé là pour aider au recensement futur, jamais ils n'auraient même appris que l'Empire était mort à Sedan.

Malgré tout, il arrivait encore que la femme Vénérande montât la garde sur le perron, à la tombée du soir, un fusil posé à portée de main, comme si elle craignait que le passé ne surgisse de son néant, comme si les fantômes pouvaient reprendre chair et demander le solde dû.

Mais il n'y avait plus de fantômes que dans son esprit aliéné. Il n'y avait plus de réponse au passé parce que le passé était mort, et qu'il n'en restait que ce frère souffreteux qui traînait son visage mutilé dans la naissance du petit matin ou la meurtrissure du soir, et qui expectorait bruyamment dans la chambre du haut les derniers sons glaireux qu'il pouvait exprimer. Alors, le temps de se dire qu'il n'en avait plus pour longtemps avant d'être enfin libéré, alors Vénérande revoyait avec clarté ce passé qui était mort, mais qui s'acharnait à l'oppresser.

2

Ange Colomba se souvenait de cette fois où ils avaient coupé la tête du bourreau, dans une grotte. Il y pensait et descendait une nouvelle rasade d'eau-de-vie, et en lui l'ironie et le dégoût se partageaient tout l'espace que la vacuité de son âme rendait disponible. Il n'avait jamais tué par plaisir, mais rares étaient les fois où ça lui avait vraiment fait quelque chose, où ça l'avait secoué. Peut-être cette fois-là, pour le bourreau. Ça n'avait pas été très joli, en fait, et on avait alors tiré au sort, pour savoir qui tiendrait le couteau, qui l'immobiliserait pendant qu'il se débattrait. Couper la tête au bourreau, l'idée n'avait pu venir que d'Antomarchi. Il s'y entendait en matière de symboles. Raccourcir celui qui raccourcissait leurs amis devant les foules saisies d'effroi. Prendre le bourreau et lui faire subir son propre châtiment. Et ce fut donc la démonstration de leur force, ce fut le message implacable qu'ils envoyèrent aux autorités. L'idée aurait pu se révéler géniale, elle aurait pu faire basculer les opinions en leur faveur. Si les autorités ne s'étaient pas moquées de leurs pauvres symboles, et si le message n'avait plutôt été reçu par un peuple terrifié et abasourdi par la dimension d'une provocation si abominable. Si même les temps n'avaient pas changé. Ce que les adorateurs de symboles ignorent toujours.

Dans sa jeunesse, Ange Colomba avait donc fait couler beaucoup de sang, et parfois, aussi, coupé des têtes. Lorsque cela s'était avéré judicieux, ou qu'il l'avait imaginé de la sorte. Évoquer son nom, c'était évoquer un diable en action, c'était appeler sur soi le mal absolu. Alors ainsi l'appelait-on, *L'Infernu*, l'Enfer, et ce triste anthroponyme avait depuis bien longtemps enfoui dans la plus grande insignifiance sa véritable identité. Sans doute, dans une autre vie, avait-il été l'un des plus jeunes contumaces à accompagner les bandes funestes qui avaient désolé le pays, mais le temps des rébellions était passé, et comme nombre de rebelles qui se retrouvent sans solde un beau matin, *L'Infernu* n'avait dû qu'à sa reconversion comme tueur à gages de pouvoir encore alimenter les abjectes et innombrables chroniques funéraires.

Il faut bien reconnaître qu'il en était encore pour qui ce genre de personnages faisait figure de héros. Pour d'autres, il ne devait, plus modestement, représenter qu'une élémentaire solution à leurs problèmes de voisinage. Mais si l'on pouvait accorder comme une forme de mérite à *L'Infernu*, et sans sombrer dans la fascination morbide quant à l'efficacité de son action, c'était à sa longévité qu'il le devait. Il approchait désormais les soixante ans, et pour quelqu'un dont la vie était une valeur marchande incontestable, cela relevait de la plus invraisemblable prouesse. Qu'est-ce donc qui l'avait maintenu en vie si longtemps ? Sa sauvagerie était réputée inégalable. Quant à son instinct de préservation, il paraissait tout bonnement satanique. Et c'est cette dangerosité innée, mêlée à une réputation de malfaisance extrême, qui maintenait à distance la vénalité de ses ennemis.

Du temps des voltigeurs, certaines canailles en uniforme avaient bien essayé de s'octroyer la prime que l'on offrait pour sa dépouille. Ils avaient, comme on dit, rencontré leur destin. Et le brigand n'avait pas manqué, chaque fois qu'il l'avait pu, et selon un certain usage, de planter sur des piquets en châtaignier les têtes de ses ennemis vaincus. Les siècles et le polissage des mœurs aidant, pareil rituel peut aujourd'hui sembler des plus barbares. Mais dans un pays où l'estime n'est rien, *L'Infernu* savait que cette terreur qu'il inspirait était le meilleur gage de sa survie.

La vérité était que le temps s'était écoulé, et que l'on ne cherchait plus trop ce vieux malfaiteur d'un autre âge. L'imagine-t-on avoir fréquenté telle une bête traquée les romantiques refuges agrestes des hors-la-loi de son époque ? Nulle hypothèse ne serait plus fausse. *L'Infernu* vieillissant menait une vie morne de journalier fatigué. Il s'éreintait, anonyme, dans les vallées avec les ouvriers lucquois, à scier des troncs d'arbres et à aménager des charbonnières. Puis, quand le labeur le fatiguait trop, quand la morosité de sa condition se mettait, inexorablement, à peser sur son âme éprouvée, il braquait la caisse du contremaître et disparaissait en menaçant de massacrer tous les bûcherons, ainsi que les employeurs qui vivaient de la sueur des misérables, mais aussi de revenir pour exterminer leurs enfants si jamais on essayait de le poursuivre là où était son chemin. On le laissait donc aller, car on savait que ses mots pouvaient avoir le poids des actes, ou bien encore, par dépit plus que par espérance, on mettait un énième contrat sur sa tête, et l'on priait pour que la fortune lui tourne définitivement le dos, et qu'on le retrouve la poitrine trouée, comme cela arrivait toujours en définitive à ceux de son espèce.

L'Infernu était maintenant dans une taverne des faubourgs, au plus près de la ville où il s'aventurait si peu. Il avait laissé ses loques dans un repaire, et était vêtu comme un citadin, le col bien mis et le veston boutonné avec élégance. Un chapeau mou de feutre à bord mince lui donnait l'air d'un étranger, et même sa barbe grise avait été rafraîchie au rasoir à main. Adossé au mur, il s'était attablé de manière à pouvoir surveiller tous les clients, des charrons et des éleveurs qui revenaient des marchés pour la plupart, et il buvait là, dans l'absinthe ou l'eau-de-vie âpre, le fruit de son dernier larcin.

La jeune femme entra et s'installa seule à une table, face à lui, presque envahissante, mais on voyait aisément qu'elle n'avait rien d'une fille de joie. Une paysanne pauvre, plutôt, et, comme tant d'autres, qui s'était habillée du mieux qu'elle pouvait pour aller à la ville. Au début il ne fit guère attention à elle, et personne ne semblait non plus vouloir entreprendre la femme, chacun des clients suivant à sa mesure le fil du néant qui l'avait dirigé vers ce cul-de-basse-fosse. Une partie de cartes se déroulait dans le fond de la salle, et l'on entendait les rires et les imprécations des joueurs qui maudissaient tous les sept qui leur échappaient des mains.

À d'autres heures, les cartes et l'absinthe auraient fait sans doute plus de ravages. Des coups de poing auraient pu voler. Un coup de feu retentir pour une mort stupide. En cet endroit où l'ennui et le désespoir des hommes avaient déjà fait couler tant de sang dérisoire. De ce sang indigent et anonyme qui ne change jamais le cours de l'Histoire. La femme buvait dans son coin, un breuvage saugrenu de femme, et rien ne l'intéressait de ce qui composait ce méprisable parterre, ni les joueurs de cartes ni les dormeurs solitaires, elle buvait à sa table, indifférente à tout, mais pas à *L'Infernu* qu'elle dévisageait désormais d'un regard fébrile, gauchement invasif. Lui avait cet instinct des fauves aux aguets, et il sentait bien que ce regard pesait sur lui. Il n'envisageait cependant en rien que le désir pût en être la source. Ce regard, il l'avait déjà vu, un si grand nombre de fois. Il connaissait par cœur le type de convoitise que son talent inspirait.

Quoi? l'interpella-t-il depuis sa table.

Je dois vous parler.

Rentre plutôt dans ton village. Ta mère va s'inquiéter.

Elle est morte. Il y a longtemps. Et mon père aussi il est mort.

C'est bien triste.

J'aurais vraiment besoin qu'on parle.

Je n'ai rien à te dire, jeune fille. Ils vont te violer ici, ou moi je vais te violer. Te laisser morte dans un fossé. Fous le camp et vite. T'as rien à faire là.

Vous n'êtes pas comme ça. Vous avez combattu avec Poli. Je le sais. Il redonnait aux pauvres ce qu'il prenait aux curés.

Tu sais trop de choses. Mais pas qui était Poli, en tout cas. Ces histoires de curés c'est n'importe quoi. De toute façon, lui il ne t'aurait pas écoutée plus longtemps.

Vous je sais qui vous êtes.

Fais très attention. Et baisse la voix. Tu me connais, apparemment, mais eux ne me connaissent pas. Je n'ai pas que des amis. Et puisque tu sais tout, tu sais aussi ce que vaut ma tête.

Je ne suis pas venue pour vous faire des problèmes avec les gens.

Je sais très bien pourquoi tu es venue. C'est non. Rentre chez toi.

J'ai de l'argent. J'ai tout ce qu'il faut.

Tu parles décidément trop, beaucoup trop. Apprends que certaines choses ne se disent pas. Pas comme tu fais toi. Et maintenant ça suffit. J'en ai assez de t'entendre déblatérer. Tu as la langue trop bien pendue et on va finir par nous repérer. Et si on m'identifie ton argent n'y suffira pas.

Justement. C'est à peu près de ça que je veux vous parler.

Tu m'embrouilles. Je comprends rien à tes salades.

D'une histoire de langue. C'est de ça que je veux parler. Et de quatre salauds qui l'ont coupée à mon frère.

Elle commença à lui raconter son histoire, et bien qu'il se sentît harcelé par la pisseuse et qu'elle l'agaçât au plus haut point, il ne pouvait se mentir, le besoin d'argent ne le laissait pas insensible. Il l'interrompit tout de même, regardant une dernière fois à droite et à gauche pour s'assurer que personne ne tendait l'oreille de manière trop inopportune. Rassuré, il sortit quelques pièces et les déposa sur la table en bois, en face de lui, et tout en se levant il fit signe à la fille de le suivre à l'extérieur.

C'est pas ici qu'on doit parler de ces choses. Viens avec moi dehors et dis plus précisément ce qui t'amène.

Elle le suivit donc, jusque dans la rue, et tout en déliant son cheval de l'anneau incrusté dans un mur auquel il était attaché, il écoutait distraitement ce que lui débitait la fille, son esprit dérivant vers d'autres contrariétés qu'il avait depuis quelque temps, et auxquelles il ne cessait de penser. Quelques jours auparavant, il avait en effet pissé du sang. Et depuis des mois il était fatigué, las de cette vie de bohémien qu'il menait, cette vie de rien. Ce sang dans les urines, il le voyait comme un mauvais présage, et même une mise en garde que Dieu lui-même lui envoyait, d'autant que depuis toujours il imaginait bien que le Très Haut n'était pas de son côté, et qu'Il n'allait pas tarder à lui demander des comptes pour tous les actes innommables qu'il avait commis. Il était donc prêt à tout lâcher, pour un répit, un signe, il se disait : pourquoi pas se faire entretenir par les moines, au couvent, pour le peu de temps qui devait maintenant lui rester. Peut-être convoitait-il une impossible repentance, quelques mois de paix avant qu'on ne l'enterre dans un carré de verdure, sous une croix anonyme. Sans cela, rien n'était plus sûr qu'on vienne outrager sa tombe, et déterrer son cadavre pour donner les os aux chiens. Il avait imaginé cette paix définitive, cette retraite loin des pourritures qui lui ressemblaient tant, ces mois de silence à réfléchir sur lui-même, ou à ne plus penser à rien, et voilà qu'elle était là, jolie mais maigrichonne, habillée sans aucun goût, mais surtout déterminée comme une furie, et d'abord déterminée à le faire crever par le plomb qu'il s'était enfin mis en tête d'éviter. Mais bien présente et agitant sous son nez cette dernière tentation, et peut-être – il avait du mal à ne pas y songer – la possibilité de filer les poches pleines vers la retraite à laquelle il aspirait.

Tu dis qu'ils étaient quatre, lâcha-t-il au terme de son épuisant soliloque. Bien. Ton idée c'est de m'envoyer à la boucherie. Alors ça fera trois mille cinq cents francs or. Et je te fais la faveur d'un bonus pour le dernier. On le fera moitié prix. On dira qu'il gardait juste les chevaux.

C'est du vol. Il n'y a rien d'autre à dire, rétorqua la fille sans se démonter. Je n'ai pas cette somme, et de toute façon ils étaient tous dans le coup, gardez vos espèces de faveurs pour le quatrième. C'est leur peau à tous que je veux.

Alors, si je suis un voleur, rentre chez toi. Tu n'as rien à faire avec un voleur. Tu es tellement vertueuse, toi qui veux la mort des hommes.

Je dis pas que je suis vertueuse. Je sais ce que vaut ma démarche. Je sais bien quel péché je commets. Irrattrapable. Mais d'autres ont fait bien pire que moi. J'ai déjà réfléchi à tout ce que je devais, et à la fin j'ai pris toutes les décisions qui me semblaient bonnes. Pour moi et pour mon frère.

Oui, mais tu chipotes sur le prix, et tu ne tiens pas compte que je serai seul face à quatre salopards. C'est des risques.

Vous êtes le seul à pouvoir faire ça.

Laisse tomber. Je pense que tu es complètement folle. Comme les folles sont plus ou moins sacrées, je t'épargne. Et je te violerai une autre fois. De toute façon, avec tes obsessions homicides, ça m'étonnerait que tu perdes ton temps à me balancer. Maintenant laisse-moi partir.

Mes quoi?

Tu te feras expliquer ça par quelqu'un d'autre. En plus tu es une ignorante. Sans compter que tu n'es pas très jolie, mais le plus gros défaut c'est quand même ton ignorance.

Vous avez besoin de cet argent.

Tu n'en sais rien. Disparais de ma vue.

Deux mille francs or pour les quatre, c'est tout ce qu'ils valent. Et j'insiste : vous en avez plus besoin que moi, on ne voit que ça. Vous quittez l'auberge pas parce que je vous ennuie, et pour ne plus avoir à entendre mon histoire – il manquerait plus que ça que *L'Infernu* ait été mis en déroute par une jeune femme, ignorante en plus, comme vous le dites si gentiment, et comme si c'était ma faute – non, c'est pas pour ça que vous décampez. Et c'est pas non plus la peur de régler un contrat qui vous fait partir.

D'où est-ce que tu peux bien sortir? Et où sont les deux autres harpies qui te servent de sœurs? Tu n'étais pas bien à la porte des Enfers?

Moquez-vous de moi, mais la vérité c'est que vous avez vidé tout à l'heure tout ce qui restait dans vos poches. Et vous faites pitié. En fait si vous fuyez, c'est parce que vous êtes pauvre, et que vous avez honte de le montrer.

Il monta péniblement sur la selle de son cheval, et lorsqu'il y parvint, il la regarda froidement, tout en se mordant la lèvre et en se demandant pourquoi il ne la frappait pas. Elle devait bien percevoir toute cette colère qui montait en lui, mais elle continuait pourtant à le dévisager, et elle avait du cran. À moins qu'elle n'eût perçu une fragilité sous la cuirasse qu'il feignait de porter, une fragilité qui pouvait bien se nommer cupidité, ou besoin, ou encore convoitise. Quoi qu'il en fût, elle le tenait peut-être, et il tardait beaucoup trop à tourner les talons pour ne pas être intéressé par sa proposition. Elle le sentait. Et lui sentait qu'elle sentait, et ça le rendait doublement furieux. Mais c'était déjà comme si un lien, un mauvais lien, les unissait.

Il faut qu'ils payent, dit-elle en baissant la voix, il faut qu'on les trouve et qu'ils payent pour le mal qu'ils ont fait. Si j'étais un homme je sais bien comment je ferais. Je les choperais, un après l'autre, je les attacherais à mon cheval, et je les traînerais dans les épineux pour les déchirer jusqu'aux os. Hélas je ne suis qu'une malheureuse, et les hommes de ma famille sont bien trop lâches pour venger mon pauvre frère. Et personne ne veut m'entendre.

Voilà, il va falloir que tu m'expliques ça, petite. Pourquoi il n'y a pas des hommes chez toi pour faire le boulot. Pourquoi ton frère est à ce point crétin qu'il ne les cherche pas lui-même, les types qui l'ont amoché. Va falloir que tu me dises pourquoi tout le courage des tiens ne sort plus que par la bouche d'une contadine dégénérée et irrespectueuse.

Ils se regardèrent un instant, lui prêt à tirer sur la bride de son cheval et à s'en aller définitivement, laissant là la désespérante importune, mais prêt, aussi, à s'asseoir sur un paquet d'argent – mais la vie n'est-elle pas une suite de choix tous plus ou moins déplorables, pensa-t-il, des choix qui consistent avant tout à faire une croix sur un million d'envies, et ce pour n'en satisfaire qu'une seule, qui se révélera bien insignifiante au final, et qu'il faudra à son tour oublier dans l'alcool ? – et elle ne sachant cette fois sur quel pied danser, se disant qu'elle l'avait ferré mais qu'il se dissipait tout aussi vite, et que sa quête risquait de s'arrêter là.

Pardon, reprit-elle. Dites-moi où je peux vous trouver. On parlera mieux du prix. C'est vrai que je n'aurais pas dû vous offenser comme je l'ai fait. J'ai pas beaucoup d'éducation, vous avez vu juste. Mais j'ai surtout peur de ne plus savoir vers qui me tourner.

Tu me fatigues. Tu n'as trouvé que moi ? Je suis à ça de la retraite. Même pas, j'ai les deux pieds dedans. Tu n'imagines même pas ma lassitude, fille.

Ne prenez pas votre décision maintenant. Réfléchissez et on reparlera. Je vous en prie.

Il avait envie d'être ailleurs. Qu'elle disparaisse à ses pieds comme un nuage que le vent aurait dilué. Elle lui filait la fièvre, ou bien c'était toute cette eau-de-vie qu'il buvait, ou l'absinthe qui lui trouait le cerveau. Il pensa un instant, malgré ce qu'il lui avait dit, qu'il aurait dû la tuer. Elle l'avait trouvé et elle savait qui il était, elle parlerait sans aucun doute. On viendrait le chercher, et il n'était pas vraiment certain d'avoir droit à un procès. Une balle dans la tempe, plus sûrement, et par un misérable. Un mousse du port, ou même un saisonnier lucquois

27

qui voudrait se faire valoir auprès d'elle. Il craignait de mourir comme ça, tué avec son propre fusil une fois qu'on l'aurait jeté à terre, il avait déjà vu des choses pareilles. Mais il repensa aussi à l'argent. Même à ses conditions à elle, c'était une somme. C'était peut-être aussi un des meilleurs contrats qu'on lui eût jamais proposé. Les trois quarts des gens étaient morts pour moins que ça, tués par un bon à rien, tout ce qu'il avait été, et il était toujours à se planquer, à chercher une tanière où on ne viendrait pas le chercher. L'absinthe, c'était nécessaire. Pour oublier tout ce qu'il avait fait. Pour soigner aussi les maux qui lui brisaient le corps, les fatigues, depuis qu'il avait pissé rouge. Ce contrat, ça pouvait être la bonne aubaine. Elle le regardait, maintenant, d'en bas de la monture où il trônait comme un vieil épouvantail. Inquiète, impatiente. Peut-être prête à abandonner, à lâcher le morceau. Stupide et un peu belle. Un drôle de mélange. Un regard d'enfant dingue. Dangereuse. Il finit par ouvrir la bouche, sans même s'entendre lui-même.

Il y a une cabane vers les salines. Tu franchis la passerelle, et le fleuve. Un simple îlot avec des joncs partout. Disons demain, vers midi. Et fais-toi entendre, je sais encore tirer.

J'y serai, dit-elle, c'est sûr que j'y serai.

Et il la laissa là, disparaissant au coin de la rue, sur son cheval, et il s'y agrippait plus qu'il ne tenait dessus. Mais elle se dit qu'il avait quand même dû être un bon cavalier, et elle s'y connaissait. L'îlot, elle savait où c'était, elle était du pays, pas comme lui, c'était même un endroit où son père tirait autrefois les loups au mousqueton, quand ils remontaient vers le fleuve, alors elle irait demain, sans se tromper.

Seule maintenant dans les faubourgs de la ville. Des parents à peu près partout, même une vieille tante chez qui passer la nuit, mais où aller, en attendant, pour être tranquille, ne pas les rencontrer, tous ces parents, et réfléchir?

Elle quitta les quartiers du port et longea les quais en terre battue d'où partaient des pontons de planches. Quelques canots de pêcheurs y étaient amarrés, elle entendait même les hommes sur les barques qui parlaient en travaillant, des mots en napolitain qu'elle ne comprenait pas. Des choses de la mer qu'ils devaient dire, tout un monde qui n'était pas le sien.

Au bout du port elle passa devant l'atelier du cordonnier, elle y allait souvent pour lui donner du travail. Il n'était pas là, peut-être parti tirer des canards aux étangs, comme il lui avait dit une fois qu'il faisait. C'était la fin de la ville, à partir du cordonnier on pénétrait dans la campagne, des jardins tout d'abord, un peu décharnés en cette saison, puis les champs clos pour les vaches et les ânes, quelques chevaux, des troupeaux de chèvres entravées, et de brebis, quelques parcs à cochons aussi, mais moins nombreux qu'au voisinage immédiat de la ville, et les forêts de chênes-lièges jusqu'au pied des montagnes. De temps en temps une maisonnette en pierres sèches, rabougrie, les toits en tuiles rouges que l'on fabriquait sur place, et qui avaient déjà été rongées par les rudesses de l'hiver et l'air chargé de sel, de la paille à l'intérieur, ou des outils qu'on forgeait dans la haute-ville. Si loin des habitations, elle ne voyait plus de fours à pain, ni personne qui s'activait à cette heure. Elle suivit la route des cabriolets, qui menait vers les plaines du sud et les villages de bergers, longea les murets près des forêts à liège, puis s'enfonça à même un champ que les chardons envahissaient. Le champ s'arrêtait contre une petite colline boisée, un chaos de rochers recouverts d'une mousse étrange, à l'ombre des chênes verts. Elle s'assit sur les pierres d'une vieille aire de battage, sans doute abandonnée depuis quelques années. Et elle médita un instant sur ce qu'il convenait de faire. Quelque chose en elle lui disait que sa démarche était malsaine, et que le mal guidait ses impulsions. Puis les raisons qui l'avaient poussée là lui revenaient, avec des images d'horreur et de souffrance qui se bousculaient dans sa tête. Et elle se disait qu'un mal encore plus grand la forçait à agir, et justifiait qu'on l'éradiquât. Une justice, pensait-elle, une justice devait s'accomplir, et si les tribunaux, dans leur iniquité perpétuelle, ne pouvaient se montrer dignes de leur charge, peut-être Dieu abattrait-Il le glaive rédempteur sur les poitrails des Philistins, et si Dieu, qui, Lui aussi, semblait avoir oublié cette terre, si Dieu Lui-même regardait ailleurs et se refusait à accomplir son devoir, alors la tâche qui consistait à rendre cette haute justice incomberait à l'Enfer. Et dans son pays l'Enfer était un nom d'homme, et cet homme, disait-on, pourvoyait à la résolution de bien des problèmes que les lointains tribunaux étrangers, et Dieu Lui-même, ne semblaient pas considérer.

Il y eut des cris qui venaient de la route en terre, celle des villages, et dans un sursaut la fille sortit de ses songes lugubres. Elle vit une foule qui marchait dans la poussière, nombreuse, où des hommes et des femmes vociféraient. Elle pensa à se cacher, puis elle se dit que ça n'avait pas de sens, qu'il y aurait toujours quelqu'un pour la reconnaître et lui parler, et que, si danger il y avait, il ne pouvait la concerner. Comme la foule approchait et semblait se diriger vers son aire de battage, elle se leva, s'apprêtant finalement à s'enfuir, mais comprenant alors que cette rage ne lui était décidément pas adressée, elle resta figée à attendre que son repaire soit investi. Des bergers en chemises sans cols et en costumes bruns de velours côtelé tiraient après eux une femme qu'ils avaient attachée par le cou, comme ils l'auraient fait pour une de leurs chèvres, et des criardes en jupons longs et aux pieds nus, qui tenaient des bâtons, harcelaient la prisonnière en l'agonisant d'injures hideuses. Elle remarqua que la plupart des hommes, et certaines femmes aux longs nez, avaient des visages identiques, tandis qu'un autre groupe aux sourcils drus et quasi continus tant chez les mâles que chez les dames, semblait lié par une génétique différente, d'où elle déduisit que deux villages au moins, ou deux familles distinctes, composaient la masse qui grouillait maintenant au milieu des pierres circulaires. La captive avait, elle, une tête différente, sans parler de son attitude de contrition et d'abandon au sein de la frénésie environnante. Une harpie déchaînée se détacha du groupe et s'adressa à l'intruse comme si elle la prenait à témoin, lui désignant du doigt un grand nigaud aux oreilles décollées et au nez de nasique, l'air idiot, qui semblait suivre la troupe et ne marcher sur ses deux pieds que parce qu'il avait vu que d'autres faisaient de même.

La salope sarde, dit la femme en colère, elle a dit que Jean-André avait voulu la violer! Elle a le con en feu c'est ça la vérité! D'abord elle l'attire, et ces gens veulent faire croire qu'il a commis un crime, Jean-André! Des pervers, c'est, les Sardes, et des menteurs! Mais ça va se payer!

Il parut évident à la jeune fille que *ces gens* dont parlait la hurleuse ne pouvaient se confondre avec les membres de sa propre meute. Et un instant elle s'en trouva désarçonnée, comme aspirée dans cette sorte de flou de la raison qu'on connaît dans les rêves. Puis elle remarqua, pour la première fois, trois hommes qui suivaient la foule, à bonne distance, et qui déambulaient et se tenaient péniblement debout, comme des esprits pénitents l'auraient fait dans leur procession funèbre. L'un des hommes était plus âgé, et les deux autres venaient à peine de sortir de l'adolescence. Leurs têtes gonflées et leurs yeux tuméfiés laissaient imaginer des séquences antérieures qu'ils avaient endurées, et la trempe impitoyable qu'on leur avait incontestablement assénée. Le père et les frères de la traînée, se dit la jeune femme. Qui avaient peut-être résisté, ou voulu défendre son honneur. Mais là ils ne résistaient plus à rien, on leur avait pris la fille et ils suivaient, pitoyablement, sans dire un mot. Ils n'exprimaient plus aucune contenance, ni aucun sentiment à vrai dire, et ils étaient juste là, pathétiques, pour accompagner leur parente et ses tourmenteurs, et voir ce que la fatalité allait maintenant lui réserver.

Un homme sortit des ciseaux de tonte, et l'on empoigna fermement la fille, mais celle-ci ne résistait pas. Elle relevait juste la tête, refusant de s'incliner face à la horde monstrueuse, et elle serrait les mâchoires dans un rictus de haine. On commença à la tondre, et les cris fanatiques redoublèrent au fur et à mesure que l'on tailladait sans ménagement dans ses cheveux et dans ses chairs. À mi-supplice, la fille hurla de douleur, et la femme qui avait parlé à Vénérande vint lui broyer le museau de sa main noire et épaisse, lui intimant de nouveau le silence. Les insultes fusaient. Et lorsqu'on l'abandonna, elle tomba plus qu'elle ne s'assit sur une des grosses pierres de l'aire de battage, démolie, et son crâne scarifié d'où émergeaient quelques restes de touffes honteuses semblait surgi d'un tableau aberrant inspiré d'anciennes danses macabres.

Vénérande suivit un temps la foule qui s'éloignait en sentant cette jubilation détestable et cette excitation qui en traversaient les membres. On les aurait tous dits au retour de la fête. Des hommes commentaient entre eux les différentes phases de l'humiliation des étrangers, se félicitant d'un équilibre restauré, et des filles rieuses interrompaient les hommes en les attrapant par le bras, des propos puérils et taquins s'échangeaient, mais toujours la punition des Sardes restait au centre des débats. La harpie qui avait mené la danse, notamment, se révélait une commentatrice insatiable, et ses rires ne parvenaient pas à dissimuler la rage dont elle jouissait encore. Quant à ce grand dadais qu'on appelait Jean-André, celui dont les pulsions avaient été mises en accusation, il souriait béatement à la vie, et son visage abruti avait quelque chose d'animal qui était une injure à la vérité. Avant que Vénérande ne quitte ce groupe qui l'intriguait tout autant qu'il l'inquiétait, elle vit un vieil homme en prendre un plus jeune par le cou, affectueusement, et elle entendit ce que le vieux sage disait au jeune, sur le ton de l'enseignement : *tu vois, les Sardes, eux, ils volent, tandis que nous on tue*. Et l'adage résonnait encore à ses oreilles lorsqu'elle se sépara d'eux, à l'intersection des chemins qui menaient aux villages ou à la ville.

Elle tenta un dernier regard vers le lieu du supplice, et elle entrevit juste, au loin, la fille toujours assise sur la pierre où elle s'était affaissée, et les trois hommes, telles des ombres, qui l'entouraient immobiles, et qui baissaient la tête. Elle vit la fille qui se courbait, et qui cachait son visage dans le creux de son bras, et elle détourna le regard en essayant déjà d'effacer cette image de sa mémoire. Elle pressa le pas vers la ville, où l'attendait une vieille tante, et en chemin les idées de justice, et de vengeance, se bousculaient dans sa tête, et elle ne savait pas exactement à quoi tout cela correspondait. Elle vit le visage défiguré de son frère, et entendit les sons grotesques qu'il formulait parfois, et elle revit terrifiée les gueules tuméfiées des étrangers, et les yeux de la fille qu'on tondait la hantèrent encore un court instant, et elle entendit de nouveau l'adage lugubre du vieil homme, et elle se pencha pour s'appuyer à un muret en bordure de route, et elle vomit. Puis elle se redressa, honteuse, avant, brusquement envahie par la dureté du monde, de s'essuyer la bouche, et, gagnée par un sourire crispé, dédaigneux, et incompréhensible, de rejoindre la ville sans plus marquer de halte.

3

L'histoire qu'elle lui avait racontée s'était passée deux ou trois ans auparavant. Petit Charles – c'était son frère – était seul sur le plateau pour surveiller les brebis. Le chien était loin, étendu dans l'ombre d'un chêne. Il n'y avait pas grand-chose à faire et le sommeil était en train de le gagner. Puis il avait vu les hommes qui descendaient par le sentier des crêtes, tirant leurs montures par la bride. Il en avait compté quatre, armés, et machinalement il s'était rapproché de son fusil posé contre un rocher pendant que le chien aboyait. Ils avaient traversé le troupeau qui s'écartait, comme pour laisser instinctivement passer le mal, et lui au contraire ne savait pas s'il lui fallait aussi s'écarter, ou attendre avec la froideur d'une pierre que la fatalité l'anéantisse.

Ils étaient maintenant autour de lui et le saluaient de la tête, souriant, mais sans trop se parler, et il voyait leurs dents usées, et leurs barbes trop longues, et les cheveux en broussaille et il les imagina ayant passé des nuits dehors. L'homme qui lui grogna après avait un œil bleu et un autre violet, un regard froid qui n'exprimait rien de valable, et sa voix grave et rocailleuse résonnait comme l'écho au fond d'un puits asséché. Il gardait son fusil sur le bras, et parlait de prendre des brebis, parce qu'ils avaient faim, et que lui n'y pourrait rien parce qu'il ne comptait pas et que son existence était insignifiante. Puis il vit le fusil appuyé contre le rocher et il comprit que le gardien du troupeau était trop près de l'arme. Un instant il regarda le fusil, sans rien exprimer d'autre que le fait qu'il regardait le fusil, puis il planta de nouveau son regard de reptile dans les yeux du jeune gardien de troupeau, et il ne dit rien, juste : tu as compris, et ce regard c'était celui du démon, il était lavé de toute pitié et de toute compassion, et il ne laissait filtrer rien d'autre que sa férocité animale. Les trois autres gardaient également leurs fusils à la :aille, ils ne le menaçaient pas directement, mais ils auraient vite fait de l'ajuster et de l'abattre s'il tentait un geste de défense. Il répondit : oui j'ai compris, et deux des hommes, le malingre avec une toute petite tête rasée et le gros frisé avec des poils sur les pommettes, visèrent et tuèrent chacun une brebis. Le quatrième homme, noir de pied en cap, avec un visage creusé de gargouille, qui le surveillait avec celui qui avait parlé, lui fit signe de s'éloigner du fusil. Il fit quelques pas loin de l'arme, et l'homme au teint sombre s'approcha et s'en saisit, et il se le mit en bandoulière comme pour indiquer que désormais ce fusil lui appartenait, et que lorsqu'il partirait, il l'emporterait avec lui.

Ils tuèrent encore trois autres bêtes, autant qu'ils pouvaient en emporter sur leurs montures, et lui ne pouvait rien faire d'autre que serrer les poings. Et pendant que l'homme en noir ne le lâchait pas des yeux, celui qui avait une voix répugnante lui demanda s'il le connaissait. Il répondit que non, il ne le connaissait pas, ni lui ni les autres. L'homme insista. Tu veux savoir qui je suis ? Non, fit-il, ça ne m'intéresse pas. Les chevaux étaient maintenant chargés des carcasses des bêtes abattues. Les deux bouchers les tenaient par la bride, ils disaient qu'il fallait partir.

Je suis sûr que tu me connais, répéta le chef des pillards, on s'est déjà vus quelque part. Il fit signe que non, mais l'autre se raidissait et ne semblait pas vouloir en rester là. Les deux qui avaient tué les brebis avaient maintenant attaché les chevaux aux branches d'un églantier, et s'étaient rapprochés également de lui, un cercle dangereux semblait se resserrer et il ne savait plus quoi répondre aux questions du meneur. Instinctivement, il se mit à reculer, il envisageait de s'enfuir, mais les hommes étaient maintenant trop près. Il comprenait que l'inquiétude d'être reconnus rendait les hommes dangereux, et il se rappela d'autres histoires où des hommes avaient été détroussés et tués, certaines nuits, et la peur monta en lui.

Au-dessus des crêtes de granit rouge, un oiseau gigantesque passa. Peut-être un grand corbeau. Ou une buse qui fondait vers des crevasses en contrebas.

Ils le tenaient plaqué au sol. Le costaud et l'homme en noir étaient assis chacun sur un bras, et le chef lui écrasait la poitrine avec son genou. Le chef donna un ordre à celui qui était malingre, et celui-ci vint lui serrer les mâchoires avec les poings, le forçant à ouvrir la bouche. Le chef plongea ses doigts dans sa gorge, il enfonça jusqu'à saisir la langue au mieux, et les poings serrés du malingre étaient suffisamment vigoureux pour qu'il ne pût mordre. Ce fut assez rapide. Il sentit le poignard aiguisé à la meule lui couper la langue. Sans presque aucun mouvement de sciage, juste ce fer tranchant enfoncé dans la gorge et sectionnant la chair. Il ne réussissait même pas à hurler, seul un râle désespéré accompagnait les secousses désarticulées de ses jambes. Il ne pouvait bouger aucune autre partie de son corps, les hommes maintenaient fermement la prise. Ils se parlaient vite, comme ils auraient fait en châtrant un cochon, quand chaque mot, chaque geste doit être décisif. L'exécuteur, lui, n'avait pas tremblé. Il avait le geste assuré de celui qui manie habituellement le couteau. Mais le signe de croix n'avait pas été fait avant d'opérer.

Il entendait le chien hurler non loin, courant dans tous les sens sans oser se jeter sur les hommes. Le nabot qui avait tenu les mâchoires de Petit Charles leva un pistolet et abattit le chien.

Le sang qui giclait dans sa bouche semblait libérer une sensation étrange, irréelle. C'était quelque chose d'aigu et qui pouvait le tuer, il sentait que toute sa vie pouvait s'écouler maintenant au travers de cette blessure, et même, il ne désirait rien d'autre. La suite se passa comme dans un rêve étrange. Il savait que son visage était lacéré, mais il n'en éprouvait pas de douleur. La vague impression d'une pénétration répétitive, comme si on lui labourait la face avec une herse invisible. Les bruits étaient lointains, et la herse repassait sans cesse. Toujours une ombre au-dessus de lui, qui s'ingéniait à lui faire un mal qu'il ne comprenait pas. Une lame entre les mains de l'homme, toujours le même, celui aux yeux bizarres et à la voix rauque, et le flot rouge qui voilait sa vue maintenant, qui voilait l'ombre du chef et aussi le soleil qui n'avait cessé de briller au-dessus d'eux, au-dessus des bourreaux et de l'agneau qu'ils mutilaient.

Lorsque la herse cessa de le labourer, la douleur sourde des coups de pied et les coups de crosse que les hommes lui assénèrent lorsqu'ils le lâchèrent ne lui parurent pas moins insensés que tout ce qu'il venait de vivre. Comme s'il était déjà ailleurs, comme s'il était déjà parti et qu'il les voyait ou les entendait à très grande distance pendant qu'ils enfourchaient leurs montures et qu'ils s'éloignaient en emportant ses bêtes qu'ils avaient tuées.

Ils ne sont plus que des silhouettes vagues qui disparaissent dans un brouillard de chaleur. Leur trouble présence s'éteint en même temps que sa conscience s'éparpille dans un néant qu'il n'espérait plus atteindre.

Elle l'a veillé croyant qu'il mourait, elle a soigné les plaies affreuses de son visage saccagé, pleuré contre sa joue bandée pendant des nuits entières. Lorsque la fièvre le fit délirer, elle alla chercher un prêtre, et les femmes des maisons en bas du sentier proposèrent de l'assister dans les derniers instants. Des hommes venaient sans discontinuer comme s'il s'était agi d'un deuil. Ils faisaient silence en entrant dans la maison et baissaient la tête sans rien dire. Les cousins les plus proches posaient des questions, elle ne pouvait répondre, tout ce qu'elle savait c'est que des bêtes avaient disparu et que le chien avait été tué. Il y avait des traces de fers à cheval, assez nombreuses, mais par temps sec il n'était pas possible de dire combien d'hommes avaient fait ça, vers où ils étaient partis.

Chacun venait rendre visite au mourant, des hommes s'effondraient en pleurs, tels des enfants, en découvrant son regard vide. S'il vivait, sans doute n'aurait-il plus sa raison, nombreux en vinrent à espérer ouvertement qu'il ne survive pas. Mais la fièvre tomba. Il vécut plusieurs jours encore, puis les défilés cessèrent dans la maison de ce deuil anormal. Et lui ne voulut pas mourir même quand plus personne ne vint, et il resta seul avec elle, et le silence s'installa désormais entre eux deux, pour longtemps, et pour toujours.

Il ne pouvait lui parler. Elle essayait de se faire expliquer, mais ni les gestes du muet ni les expressions exaspérées de son visage ne permettaient de comprendre qui l'avait mutilé. À force de questions et d'insistance, elle avait réussi à comprendre l'essentiel. Quatre hommes, des chevaux, le bétail tué et volé. Ils avaient tué le chien, c'était eux aussi. Il ne savait pas qui ils étaient. Il ne les avait jamais vus auparavant. Ni sur les marchés ni dans les hameaux voisins. Ils parlaient comme nous, mais n'appartenaient vraisemblablement pas aux familles connues, ni aux villages les plus proches. De la ville, peut-être, ou bien d'une vallée plus lointaine. Elle ne put bien sûr rien lui faire écrire, et n'y pensa même pas, ils ne savaient écrire ni lui ni elle. Et ses questions le rendaient fou, il se levait et se mettait les mains sur la tête, frappait des poings contre les portes, sortait sans pouvoir crier sa souffrance. Elle mit donc des années, des années pour réveiller en lui le moindre détail, pour obtenir même qu'il entende ses questions. Combien de fois, pour ne pas avoir à revivre cette scène, combien de fois il la fuyait, disparaissant des jours entiers dans les collines. Puis il revenait, il était comme privé de son âme, les joues creusées par la fatigue et le jeûne. Alors elle pouvait de nouveau s'adresser à lui, questionner son cœur comme anesthésié. Elle mit donc des années, mais à la fin elle avait dressé un écheveau d'indications suffisamment serré pour avoir la certitude de retrouver les salopards qui avaient défiguré son frère et lui avaient coupé la langue. Couper la langue. Qui fallait-il être pour couper la langue d'un homme ?

Elle devait maintenant trouver la bonne personne, celle à qui s'adresser, débusquer celui qui serait à même d'exploiter son histoire, et de la régler une fois pour toutes. Et c'est alors que des récits qu'elle avait entendus, lorsque les gens parlaient après les ventes du dimanche, et lorsqu'ils buvaient trop, lui revinrent à l'esprit, des fables plus ou moins anciennes sur des crimes ou des offenses abominables, et sur des gens tout aussi abominables que l'on payait pour punir les coupables. C'est alors qu'elle se souvint de *L'Infernu*, et qu'elle commença à le chercher.

4

Il y avait un carafon de mauvais vin aux trois quarts vide, posé sur une caisse qui faisait office de table de nuit, ainsi qu'une bougie dont la flamme finissait sa vie. Il était ivre, dans un demi-sommeil qui le menait plus sûrement vers d'anciens tourments que vers l'apaisement qu'il convoitait en général en se soûlant. *L'Infernu* étouffait dans le lit de la cahute abandonnée où il s'était retiré, au beau milieu d'un estuaire que ne fréquentaient que les contrebandiers ou les pêcheurs nocturnes avec leurs fouines. Il essayait de s'extirper des draps rêches et trempés de sueur mais son corps ne l'écoutait plus. L'instant d'après, il se laissait finalement retomber, essoufflé, vaincu autant par ses obsessions éternelles que par la maladie qui le rongeait, et les images mille fois ressassées l'assaillaient de nouveau.

Il se voyait quarante ans plus tôt, se réveillant au cœur d'un autre marécage qui en cette heure n'existait plus. Autour de lui, ses compagnons n'étaient plus qu'une troupe misérable. Les visages étaient défaits, creusés par la fatigue et par la faim. Ils n'étaient plus des héros depuis bien longtemps, ils n'étaient même, à vrai dire, plus grand-chose. Là, en cet endroit de pestilences et de désespoir, pouvait peut-être s'arrêter leur longue marche de mort. Des bêtes sauvages, des bêtes sauvages que l'on traque et que l'on anéantit, voilà ce qu'ils étaient devenus. Rien d'autre. Les deux Toscans qui les accompagnaient, et qui leur servaient de guides, ne semblaient guère mieux lotis, des guides désorientés et des menteurs, des canailles de la pire espèce, et leurs jours étaient comptés. Plus personne ne les gratifiait du moindre crédit. Au moins leurs souffrances seraient-elles brèves, pas comme l'autre guide tombé entre les mains des soldats du Grand-Duc, qui avait dû se tortiller comme un ver au bout de sa corde un long moment, avant de lâcher prise, avant que sa tête n'explose d'un trop-plein de sang.

Ses compagnons avaient pour noms Théodore Poli et Joseph Antomarchi, ils étaient les chefs, et les autres étaient des fidèles de la première heure, des premiers combats. Ours-Jean Olivieri était donc parmi eux, ainsi que Martin Limperani, François Giammarchi et Lucca Magnavacca, que l'on surnommait *Saetta*, la Foudre. Il y avait aussi Capitaine Martini, qui en fait n'avait dû être que sergent, au mieux, mais qui avait quand même porté l'uniforme, de l'hiver russe à Waterloo. Pas vraiment un tendre. Les autres s'appelaient Philippe Graziani et Pierre Martinetti, et cette fois-là les frères Gambini n'y étaient pas, même si, en général, ils les accompagnaient dans toutes leurs opérations. Le plus jeune c'était lui, Ange Colomba, toujours un pied dans l'enfance, et l'autre déjà dans l'horreur et la damnation, ce qui lui vaudrait le pseudonyme par lequel il serait plus tard connu de tous. Il ne se souvenait pas des noms des Toscans, il ne les avait de toute façon jamais appréciés.

La nuit sur l'îlot avait été abominable. Un brouillard épais et humide envahissait les marécages et les glaçait. Ils n'avaient pas même réussi à allumer un feu. Ils s'étaient retrouvés au matin tels des fantômes, hagards, tétanisés, toussant comme des tuberculeux, et *Saetta* n'avait pas cessé de gémir un seul instant. Sa blessure au bras était des plus vilaines. La balle n'était pas ressortie et le membre, gonflé, prenait une couleur inquiétante. Lui-même devenait de plus en plus livide, comme si la mort entrait en lui peu à peu. Il gémissait mais serrait les dents, il ne disait rien, ne suppliait pas pour qu'on en finisse. Il attendait simplement le dénouement inéluctable, et savait depuis toujours que son tour viendrait. Quelque chose à payer, pas comme s'il ne l'avait pas cherché.

Poli. À quoi pouvait-il bien penser? Il devait imaginer que *Saetta* méritait une chance. On lui donnerait un fusil et on l'abandonnerait. Il déciderait de lui-même. Il lui était évidemment impossible de remonter à cheval. Peut-être fallait-il tout simplement l'abattre pour abréger ses souffrances. Sans compter qu'on ne pouvait pas se permettre de laisser une arme. Ni de le traîner comme un poids mort. Le tuer, donc. Il serait ensuite aisé de creuser dans la tourbe, on ne trouverait plus jamais son corps, on n'entendrait plus parler de lui. L'abattre. *Saetta*. Mais qui aurait bien pu tirer sur *Saetta*? Personne n'aurait voulu accomplir un geste pareil. C'était à l'évidence la tâche d'un chef. Sa propre tâche. Il regarda ses hommes, comme s'il espérait se décharger du fardeau en croisant un regard plus froid que le sien, quelqu'un qui aurait l'animalité nécessaire. Il regarda ensuite le blessé, et il vit que le blessé le regardait aussi. Il était bien le seul à posséder ce regard suffisamment froid, mais c'était ça qu'il aimait par-dessus tout chez *Saetta*, c'était ça qui en faisait le compagnon le plus fiable de tous. Celui qui vous suit en premier à la guerre, et celui qui prend la balle qui vous était destinée. Il aurait fallu être un chien pour retourner une arme contre lui. Même avec l'idée qu'on le soulage. Il ne savait plus du tout. Il fallait qu'il parle, avec Antomarchi, il fallait que le séminariste lui fasse entrevoir une forme de décision céleste. Antomarchi était dingue, mais sûrement le plus intelligent d'entre tous, et souvent il avait la bonne intuition.

Ils partirent donc chasser les poules d'eau, loin du groupe, sous prétexte de trouver de la nourriture, et Poli emmena avec lui son chien fou, le jeune Colomba, il n'avait pas peur de parler devant le gamin. Ou bien il se voyait en lui, et il s'était mis en tête de devoir le former. Ils se retrouvèrent sur une langue de terre, un lieu sauvage et isolé. Antomarchi lui dit que s'il abandonnait *Saetta* avec un fusil, ça n'était pas une chance qu'il lui donnait, mais juste une indication explicite sur la manière d'en finir. Ce qu'il fallait faire? Amputer le bras, cautériser, et ensuite laisser *Saetta* avec un fusil. Là il avait sa chance, et en même temps on lui montrait tout le respect qui lui était dû. L'abandonner comme une bête, ou l'assassiner comme pour s'en débarrasser, ça ne pouvait pas être bien vécu par la troupe. Au début, chacun ferait semblant de comprendre, la bande quitterait les lieux et personne ne regarderait en arrière. Et puis un jour le fantôme de *Saetta* reviendrait les tourmenter. Des reproches seraient proférés. Les remords, la division, et puis les querelles suivraient. Et chacun savait comment finissaient les querelles entre des hommes armés et qui avaient déjà tué. Peut-être y avait-il une autre manière de procéder. Les explications d'Antomarchi avaient été limpides et, une fois qu'il eût parlé, il n'y avait plus aucun doute à avoir. On pouvait abandonner *Saetta* à son sort, mais, avant, il fallait faire quelque chose pour lui, et faire quelque chose pour lui c'était lui couper le bras.

Une fois qu'ils eurent pris leur décision concernant le blessé, la discussion ne s'arrêta pas pour autant. Poli interrogea le séminariste quant aux deux Toscans : depuis qu'ils avaient été recrutés ils n'avaient pas été à la hauteur. C'était de leur faute si les soldats les avaient rattrapés, et si *Saetta* souffrait maintenant le martyre. Antomarchi répliqua qu'ils avaient besoin d'eux pour sortir de la Maremme. Ou même pour s'y cacher. Poli lui fit remarquer qu'en fait ils étaient déjà perdus, et que les deux abrutis avaient passé la nuit à parler à voix basse. Ils n'allaient pas tarder à les trahir. Et il continua en disant que dans les marécages, tous les bois étaient identiques, qu'on pourrait se cacher où on voudrait, et sans l'aide des Toscans qui ne leur servaient plus à rien. Sortir de la Maremme ? Ils suivraient leur instinct, ils étaient tous des hommes de la terre, prêts à souffrir, à quoi bon traîner ces deux boulets. Les objections d'Antomarchi furent vite vaincues. Et une fois d'accord ils se tournèrent vers le jeune. Ils lui dirent : tu as compris ce que nous allons faire, tu es prêt ? Oui, dit le jeune Colomba, qui apprenait vite, et qui ne tremblait pas. Les trois hommes reprirent alors le chemin pour retourner au campement.

À peine arrivés sur l'îlot, ils ne perdirent pas de temps, et Antomarchi tira sans prévenir un coup de pistolet dans le ventre du premier déserteur. Le jeune Colomba ajusta son fusil et l'acheva dans la foulée, en lui faisant exploser la boîte crânienne. Le compagnon du mort se leva d'un bond et tenta de prendre la fuite. Poli lui envoya une décharge de plombs fendus dans les reins, et l'homme s'effondra dans la vase en poussant un cri de bête. Il n'était pas mort et chercha désespérément à nager, remuant ses bras au milieu d'une large tache de sang qui souillait la surface de l'eau. Dans le campement, personne n'avait bougé, ni ne semblait vraiment surpris de ce qui était en train de se passer. Quelqu'un, Olivieri peut-être, exprima même d'une voix forte qu'il était plus que temps qu'on réglât leur compte à ces deux vermines, et que si les chefs ne l'avaient pas fait, il n'aurait pas tardé à entrer en rébellion pour les crever de ses propres mains. Poli ne l'écoutait pas, l'heure n'était pas aux vitupérations. Saisissant une serpe à main près d'un sac, il avança dans l'eau, en direction du fuyard qui geignait de douleur et pleurait de désespoir. Il lui fendit la tête d'un coup de boucher, les pleurs cessèrent, ainsi que les gesticulations grotesques d'hypoxie du Toscan baignant désormais pour l'éternité dans un jus saumâtre.

La tuerie n'avait pas duré très longtemps, une minute peut-être, et tout le monde en restait encore décontenancé. Les chefs expliquèrent simplement aux autres que les déserteurs n'étaient pas fiables, qu'ils étaient sur le point de trahir. Tout le monde semblait déjà en convenir, et les langues se déliaient pour imputer aux Toscans leur imprudence et leur duplicité, ainsi que la suite de malheurs que la bande avait connus depuis quelque temps, y compris bien évidemment la blessure de *Saetta*. Fallait-il régler la question de manière si expéditive ? Chacun acquiesça, et il ne se trouva personne pour regretter le sort qui avait été fait aux deux misérables. Olivieri se vit d'ailleurs conforté dans le fait qu'il avait été le premier à formuler un jugement que tout le monde partageait. À ce moment-là, Poli lui accorda un sourire, le félicita d'une intention qu'il aurait pu formuler avant le massacre, puis il se reprit en disant qu'on ne devait pas plaisanter de la mort des hommes, mais les moues dubitatives qui accompagnèrent cette opinion n'allaient pas cette fois dans le sens d'une concorde absolue.

Alors *Saetta* prit la parole, comme s'il se réveillait d'un long coma. D'une voix caverneuse, appuyé à un bois mort, il dit que les chefs avaient bien fait de tuer de mauvais compagnons, il s'arrêta même sur le fait que le jeune Colomba n'avait pas manqué de sang-froid en cette occasion, et qu'on ne devrait jamais plus se moquer de lui, mais il continua en disant qu'il fallait maintenant finir le travail. Je vais mourir moi aussi, disait-il, et je suis une charge inutile. Tirez au sort, et celui qui sera désigné fera ce qu'il a à faire. Il le demandait maintenant de lui-même et, pour la première fois, on vit que *Saetta*, le plus dur de tous, était en train de flancher. Autour de lui, le silence des hommes était abominable. Plus personne n'osait le regarder dans les yeux, chacun prenant en cet instant la part de la défaite qui assommait la troupe entière. *Saetta* baissa la tête et cracha dans l'humus détrempé, il était allongé sur le flanc, du côté qui n'avait pas pris la balle, tellement affaissé que sa barbe touchait presque terre. Alors Poli s'accroupit à côté du blessé, il lui dit non, personne ne va t'abandonner, depuis toutes ces années la bande n'a jamais abandonné l'un des siens, tu vas mordre dans une ceinture, tu feras comme tu voudras, mais tu vas monter à cheval. En disant ces mots, il voyait Antomarchi qui fronçait les sourcils, interrogateur. Il lui fit un clin d'œil, puis il continua, à l'adresse du mourant : d'abord il va falloir faire quelque chose de douloureux, il va falloir enlever la balle. *Saetta* reprit un bref instant des couleurs. Poli lui tendit ensuite la gourde ornée qui ne le quittait jamais, il lui fit boire de longues gorgées d'eau-de-vie, le colosse but et toussa à pleins poumons.

Martin Limperani réussit enfin à allumer un feu, grâce à l'eau-de-vie et un morceau de cuir qui était resté au sec. Antomarchi s'approcha discrètement de Poli, lui faisant remarquer sans vouloir l'offenser que ce n'était pas ce qui était convenu.

J'ai changé d'avis.
Ça ne marchera pas, tu sais bien.
Tu as fait le séminaire, pas médecine, laisse-moi essayer.
Fais-le, si tu penses que c'est ce qu'il faut.

Mais Antomarchi ne semblait pas croire à ce qu'il disait. Il se contentait de donner quitus, afin d'abonder dans le sens du premier chef, et ne pas mettre en évidence la stupidité de son initiative. Ne pas diviser, jamais, ni rabaisser Poli devant les hommes.

Il y avait maintenant quelques flammes suffisamment fortes, on y plaça une lame, on prit le temps de la faire rougir. Capitaine Martini se saisit du blessé à bras-le-corps, Giammarchi et Olivieri lui tenaient les jambes, et d'autres lui faisaient mordre un bâton pendant que le jeune Colomba étirait le bras mutilé. Poli ouvrit enfin la plaie, puis il enfonça la lame rougie dans les chairs, et il fouilla au hasard jusqu'à réussir à extraire la bille de plomb. Lucca Magnavacca avait mordu le bout de bois jusqu'à s'en faire saigner la bouche, il transpirait comme une bête, mais il n'avait jamais vraiment crié.

Colomba avait cru qu'il était mort lorsque ses yeux s'étaient retournés et qu'on ne voyait plus que le blanc. Il se souvenait du regard perdu de Poli, et du silence résigné des hommes. Il se souvenait du détachement d'Antomarchi qui avait prophétisé le malheur, et qui, à sa manière, était en relation avec des voix célestes que lui seul entendait. De la raideur du corps de *Saetta*, puis de ses yeux qui s'étaient rouverts, des yeux qui avaient vu, bien au-delà, dans un territoire où les mortels ne vont jamais, quelque chose qui l'avait fixé pour pénétrer son âme.

E sotto a i santi segni ridusse i suoi compagni erranti, avait dit Antomarchi, subjugué, citant le Tasse…

Et il ramena sous les saints étendards ses compagnons errants… Quarante années plus tard, les yeux de Magnavacca le fixaient toujours, dans la pénombre de la cahute. Il était là, assis en face de son lit, l'ahurissant *Saetta*, à rire sans retenue d'un vieillard qui renversait la cruche de vin déjà vide sur une caisse à moitié rongée de moisissure. Un rire surgi du néant, et un témoin des plus inattendus de la déchéance du jeune Colomba de jadis. Incrédule, *L'Infernu* se redressa à demi, dans la pièce sordide, oppressé et en sueur, avant de s'adresser à l'ombre moqueuse qui s'évanouissait peu à peu dans son souvenir. Tu as survécu, bredouilla-t-il dans sa démence. Tu as survécu, espèce de salaud. Dans la Maremme. Il te l'a retirée, cette maudite balle. Il était seul dans son pitoyable taudis. Ivre à s'en être rendu malade, et inéluctablement embourbé dans la plus navrante des solitudes.

5

Vous êtes soûl, n'est-ce pas ? dit la fille.

Il ne répondit pas. Un instant, la considérant les yeux exorbités, il se demanda qui elle était. Puis il se souvint, ou plutôt des bribes d'avant-boire – vraiment boire – lui revinrent par à-coups. L'importune qui l'avait harcelé. Le type à qui on avait coupé la langue. Elle avait beaucoup d'argent. Il lui avait dit pour la cabane sur l'îlot. Dehors il faisait bien jour. Sans doute l'heure convenue.

J'ai été malade, comme un chien, ânonna-t-il d'une voix maladroite. Les fièvres des marais.
Oui. J'ai vidé une gourde d'eau dans la bassine, pour vous décrasser un peu. Je vous attends dehors.

Il mit un temps fou à émerger, puis s'en vint la rejoindre sur une espèce de placette en face de la cabane, au beau milieu des joncs. Mais il titubait plus qu'il ne marchait. Les chevaux, le sien et celui de la fille, étaient attachés à des troncs abattus. Si peu reluisant qu'il était encore, il recouvrait tout de même ses esprits. Ils échangèrent quelques banalités sur le jour nouveau, plutôt gris, la dureté de la vie, sur son mal de crâne aussi, puis la fille plaça un mouchoir sur une caisse, et y étala un pain et du fromage qu'elle avait amenés de chez elle, quelques fruits secs. Elle portait un manteau de citadine qu'elle resserra au col. Sans doute l'avait-elle acheté en ville, la veille ou l'avant-veille. Il se dit que de toute façon l'habit devait être neuf, et pas commun pour elle, parce qu'elle avait l'air de s'y sentir plus mal à l'aise qu'autre chose. Il maudit intérieurement les culs-terreux. Pourtant il n'arrivait pas à la regarder droit dans les yeux, non qu'il la crût supérieure à lui, mais le fait d'être vu ici, dans son abandon, son dénuement le plus total, et toujours à moitié plein de vinasse, sans avoir réussi à donner le change, ça le perturbait. Il n'avait plus affaire à un fantôme pour témoigner de sa décrépitude, mais à une personne de chair et de sang, avec qui il devait de surcroît négocier un prix, et le décor – lui-même en si piteux état – ne plaidait pas pour sa crédibilité. Le rapport de forces allait virer en faveur de la fille, c'était sûr. À vrai dire, eût-il été sobre que l'endroit et la cabane auraient fait basculer la négociation du mauvais côté. Il aurait dû y penser avant, lui donner rendez-vous ailleurs. Et il réalisa que lorsqu'elle l'avait abordé, dans la taverne, il n'était déjà plus en état de réfléchir dans le bon sens. Homme de vin, bon à rien, pensa-t-il. Tête baissée, il regardait le morceau de fromage, et les misérables fruits secs, le tout peu appétissant, en ayant du mal à cacher son désarroi. Puis la fille se saisit d'une musette et en sortit une bouteille, qu'elle posa également sur la caisse. À partir de cet instant, ils pouvaient vraiment entamer leurs palabres.

Ils sont morts quand on était jeunes, mon frère et moi. On s'est retrouvés seuls assez vite. On était nés dans la maison, sur le plateau, et on y est restés. Petit Charles, au début, il allait tout le temps avec mon père, c'est avec lui qu'il a tout appris. Et après, pour les brebis, il s'est débrouillé tout seul. Je veux dire, après, quand mon père a eu son accident. En fait, c'était un vrai cavalier. Le meilleur de toute la région. Pour monter sur le plateau, en venant de la plaine, il y a juste le sentier dans les rocailles, lui il y allait au galop. Mille fois, il l'a fait. C'était même un spectacle. Avec Petit Charles, on guettait son retour, et quand on entendait les sabots sur le sentier, on se mettait à crier. Lui, il fouettait plus fort le cheval, il se cramponnait à la bride, et il passait à fond dans la montée, et ça faisait un bruit terrible de sabots et de pierres qui roulaient. La bête connaissait bien le chemin, à vrai dire, elle avait juste besoin d'être stimulée. Et puis un jour elle est tombée. Elle a basculé, on sait pas comment, en se cassant la patte avant. Et lui aussi il a basculé, il a été carrément éjecté, la tête la première. Il s'est brisé le dos dans les caillasses. Quand on l'a ramassé, il n'était pas mort. Mais il avait les yeux dans le vide, qui ne voyaient plus rien. Il ne parlait pas. Après, ça a pas duré bien longtemps, une semaine, et il est mort dans son lit. Il s'est éteint, disons, après la chute. Le cheval aussi il est mort, des hommes ont dû l'abattre. Mais c'était pas sa faute, c'est juste qu'il était trop blessé. Ma mère, c'est un an après qu'elle a suivi mon père. Les fièvres. Comme beaucoup de gens chez nous. On dit que ça vient des étangs, dans l'estuaire, juste là où vous êtes. À cause des moustiques, ils transportent la fièvre. Mais on peut pas lutter contre les moustiques. Ils ont fait venir des gens pour étudier ça, un jour ils *vont planter des arbres exprès, des arbres qui viennent de l'Australie, mais il faudra longtemps avant que les arbres soient grands. Moi j'y crois pas trop. Enfin ma mère c'est les fièvres. C'est souvent comme ça ici. Les gens vivent pas vieux. Il y a le coin, sous la maison, avec le grand olivier. La journée les hommes travaillaient en bord de mer, dans les champs, avec la chaleur. Ils se fatiguaient, et ils transpiraient beaucoup, et le soir ils remontaient et ils se reposaient sous l'olivier. C'est là que le mal les terrassait. Une sorte de chaud et froid, et ça favorisait les fièvres. Ils mouraient tous avant trente ans. Mon grand-père aussi il est mort comme ça. Et les frères de ma mère. Sauf un qui était parti faire la guerre en Crimée il y a quatre ans, et maintenant il est en Algérie avec son régiment. On l'a pas revu depuis. C'est dommage, parce que c'est vraiment le seul qui nous ait aidés, quand on est restés sans nos parents. Lui je l'aimais bien.*

L'Infernu n'écoutait la pimbêche que d'une oreille. Il grignotait du pain, des miettes de ce fromage sec qui servaient surtout de prétexte pour se servir un peu du vin qu'elle avait apporté. Pour dire la vérité, les histoires de vie et de mort ne lui faisaient pas grand-chose. Un jour tu es là, le lendemain tu n'y es plus. À peine le temps d'un claquement de doigts, en général. Quoi rajouter à ça ? Après tout, vivre ou mourir ça n'était peut-être qu'une histoire de chance et rien de plus. Sans trop oser la dévisager, il se disait tout de même que la gosse était pas mal, malgré ce qu'il avait pu lui balancer de rosseries la veille. Mais elle ne devait pas le savoir, qu'elle était jolie. Jolie mais un peu crasseuse, et mal fagotée, même dans son manteau neuf qui lui allait comme une selle à un cochon. Pas mal du tout. S'il avait été plus jeune, il aurait pu l'entreprendre, glisser une main dans ses jupons, voir un peu. Elle ne devait absolument rien y connaître. Toujours avec son frère débile, perdue sur son plateau. Dès qu'il l'avait vue, à la taverne, il avait compris qu'elle n'y avait jamais goûté. À quelque chose dans l'allure, la manière d'être en général. Elle marchait un peu comme une nonne. Pas de roulement de hanches ni rien qui puisse dire qu'elle aimait qu'on la prenne, pas non plus de cette étincelle dans le regard qu'ont les filles qui veulent aguicher les hommes. Juste sa folie et sa dureté dans les yeux. Une maboule complète, peut-être bien. Et une radoteuse. Qui resterait pucelle toute sa vie, ce qui valait mieux pour le taré qui voudrait la marier. Il s'éviterait une future planche à repasser, une de celles qui regardent ailleurs en attendant que ça se passe. Du gâchis quand même, pour sa belle petite gueule surtout, le reste on ne pouvait pas trop savoir. Des sacs à patates sur le dos plus que des habits, ce manteau qui la déguisait en officier de marine, et puis son bandeau roulé ridicule, à la barbaresque. N'importe quoi. Tout un attirail de bric et de broc. Il avait quand même connu des roulures, en Terre Ferme, ou en Grèce, qui étaient d'un autre tonneau. Il avait même envie d'y repenser, histoire d'échapper à l'instant présent, mais la gosse était un vrai moulin à paroles. Pas moyen d'avoir la paix.

On est seuls parce que la famille de ma mère c'est tous des crevures. À part mon oncle que j'ai dit. Mes cousins, ils ont juste pensé à nous mettre dehors. Ils ont essayé quand on a perdu notre père, et puis quand on s'est retrouvés vraiment seuls après que ma mère a eu les fièvres. Quand ils ont fait du mal à Petit Charles, ils sont venus me dire que ce n'était plus possible, que je devais leur céder les terrains, qu'ils avaient des sous. Avec une partie de la vente, ils nous paieraient une pension quelque part, par devoir. La maison, je ferais comme je voudrais, mais le mieux c'était que je la vende aussi. Ils disaient que ça resterait dans la famille. Si la pension ça nous faisait peur, on avait qu'à partir dans la famille de mon père, Charles-Marie et moi. Ils disaient qu'on n'aurait plus de tracas. De l'argent. Mais la famille de mon pauvre père, ce n'était tout simplement pas possible. Trop loin. Trop dans les montagnes. Et puis là aussi ils sont tous un peu tarés, faut le dire. Pas des méchants, mais des tarés quand même. Mes cousins, j'en reviens à ceux dont je parlais, du côté de ma mère, eux c'est des crapules, j'ai vraiment pas d'autre mot. Ça aurait dû leur faire quelque chose de nous savoir tous seuls, ou après quand ils ont coupé la langue à mon frère, et qu'ils l'ont défiguré, la plupart des gens ça leur aurait fendu le cœur. Eux, ils ont pas fait semblant très longtemps. Jamais il a été question qu'ils fassent leur devoir. Tout de suite ils ont dit c'est la fatalité. Seule tu pourras pas t'en tirer. Ils insistaient en disant que Petit Charles, il avait toujours été un peu en retard. Et que, là, il était même carrément plus bon à rien. Acheter les terrains, ça revenait tout le temps, ils pensaient qu'à ça. Ils avaient donné leur prix, et ils m'ont harcelée. Jusqu'au jour où je leur ai balancé leurs propositions à la figure, et où je leur ai aussi dit qui ils étaient. Des vauriens. Et des lâches. Une jeune fille seule elle peut pas s'en tirer, qu'ils disaient. Alors, moi, j'ai été voir mes voisins, dans la plaine. Parce qu'au fond il y avait une part de vérité dans ce que racontaient mes cousins, une simple femme, pour faire ce qu'il y a à faire, leur devoir d'hommes, quoi, elle peut pas y arriver. *Les voisins, pour les terrains, ils ont été d'accord, et même ils n'ont pas fait d'histoires, je pense sincèrement qu'ils comprenaient qu'on serait tous gagnants, alors moi j'ai préféré vendre à des étrangers plutôt qu'à ces crapules de ma famille. Mais j'ai fait les choses bien, on a été voir le notaire en ville, Portafax, et on a fait des croix sur les papiers qu'il avait écrits. La vente, c'était pour la moitié des terrains, et aussi la majorité des brebis. L'autre moitié, je l'ai gardée, on sait jamais, je peux avoir un homme un jour qui voudra s'en occuper. Et en attendant je loue à des Sardes. Ils y ont mis leurs propres bêtes et c'est des bons travailleurs. La maison aussi je l'ai gardée. Je peux pas vendre la maison de ma mère. Ou plus tard, on verra. Si Petit Charles se remet, et qu'il veuille partir lui aussi en Algérie. On nous a lu des lettres, de mon oncle, il paraît qu'on peut obtenir de bonnes terres, là-bas. Que les espaces sont sans limites. En tout cas, même en vendant que la moitié des terrains, je m'en suis mieux sortie que si j'avais vendu à mes cousins. Mais il s'agissait pas de les écouter, ceux-là.*

L'Infernu, qui jusque-là était assis sur un billot de bois et descendait son vin, se releva avec difficulté. Tu me casses les oreilles, dit-il sans ménagement à la fille, avant de se diriger en titubant vers l'entrée de la cahute, la laissant en plan sur l'autre billot d'où elle parlait. Peu lui importait qu'elle fût rouge de colère. Arrivé sur le seuil de la cabane, il s'appuya sur l'ébrasement de la porte et se courba, comme s'il allait vomir. Puis il s'effondra.

Elle s'approcha finalement de lui, surmontant avec peine sa colère et son écœurement, et se pencha au-dessus du corps, inquiète de le savoir toujours en vie. Un instant, il lui sembla qu'il ne respirait plus. *L'Infernu* était mort, pensa-elle, mort d'un trop-plein de vin dans la froideur des étangs. Peu de gens verseraient une larme sur une telle destinée. Il était mort et ses projets à elle venaient d'en prendre un coup. Déjà elle réussissait à se convaincre qu'elle ne ferait rien pour sa maudite carcasse, elle l'abandonnerait là, et les corbeaux se chargeraient du reste. Et puis elle l'entendit ronfler. Le ronflement disgracieux d'un homme aussi aviné que désespérant. Incapable, dans sa colère, de retrouver les jurons dont elle aurait voulu l'accabler, elle ne put se retenir de lui balancer dans les chaussures un violent coup de pied qui ne le fit même pas broncher.

Elle se décida alors à lui venir en aide, malgré toute la répugnance que le goujat lui inspirait. Et elle l'agrippa par le col et la ceinture pour le tirer à l'intérieur de la cabane, en forçant sur ses bras frêles tant qu'elle pouvait. Il ne bougeait pas d'un pouce. Elle lui parla, puis cria à ses oreilles pour qu'il se remue, et il finit par ouvrir un œil injecté de sang, et à comprendre plus ou moins ce qu'elle lui beuglait en pleine face. Il se laissa alors attraper et, lui faisant passer le bras autour de son cou, elle lui enserra la taille comme elle pouvait, lui intimant de pousser un peu sur ses maudites jambes. Il s'exécuta comme un animal à qui on a flatté l'encolure, par instinct plus qu'autre chose, et se laissa traîner péniblement dans l'intérieur de la cabane. Là, la jeune femme le fit basculer dans un dernier effort sur la paillasse abominable qui lui servait de lit avant de se laisser choir, essoufflée, contre un pan du mur de planches, à deux doigts de s'effondrer, la gorge nouée, et les larmes prêtes à jaillir. C'est alors, juste avant qu'il ne replonge pour longtemps dans son coma d'ivrogne, qu'elle l'entendit marmonner, de sa voix empâtée et dégoûtante :

Je sais pas comment tu as fait dire à un muet que son agresseur avait des yeux bigarrés, mais tu as fait un sacré bon boulot, petite. Parce que moi, le bigarré, je sais qui c'est.

6

Les nouvelles du pays n'apportaient rien de bon. On y pendait et on y fusillait sans procès comme aux plus beaux jours, les maisons de leurs partisans étaient rasées par les *sbires*, les champs recouverts à la chaux. Il était question de drames, de parents suppliciés ou envoyés au bagne, d'épouses remariées. Des proscrits étaient partis définitivement pour la Sardaigne, sans parler de reprendre le combat. À part eux, il n'y avait plus grand monde en Toscane hormis des fidèles ou des proches de l'Empereur qui tenaient salon à Livourne et s'inventaient une ridicule cour d'Étrurie où ils se pavanaient vêtus comme des princes de pacotille. Un rendez-vous secret avait eu lieu à Livourne, entre compatriotes, mais l'entrevue avait été houleuse. Les huiles voulaient des hommes aguerris pour réanimer la Révolution, avec leurs amis des sociétés secrètes, ils parlaient des Cent Jours, d'un débarquement fou sur les côtes de Provence, d'une montée héroïque sur Paris ; Poli et Antomarchi désiraient surtout des lires, de quoi survivre et continuer la guerre contre les Bleus. Personne ne voulait rien céder, ni concéder. Alors le dialogue avait tourné au vinaigre, et Antomarchi, tout aussi lyrique que ses interlocuteurs en costumes de soie,

avait prononcé les mots de *pitres* et de *trous du cul*.
Les pontes s'étaient levés comme un seul homme,
criant à l'offense, mettant leur ascendance en avant,
et répondant à l'insulte par une invective contre la
vile canaille. Poli avait souffleté sans retenue le chef
des comploteurs, qui s'était étalé comme une crêpe.
La mêlée qui s'en était suivie avait été quasi générale, des mains sur des crosses de pistolets, sur le
fourreau d'une lame, des doigts qui se resserraient
sur des gorges, puis l'on s'était calmé, écoutant les
paroles outrées d'un vieux sage du camp d'en face,
moyennement courageux mais vieux et sage nonobs-
tant, le seul en tout cas à avoir lancé un appel à la
raison au milieu de ce combat de coqs. *Des exilés
qui devraient se soutenir, et qui s'entre-déchirent. Le
même sang qui s'affronte, alors que l'ennemi occupe et
saccage le pays.* Mais des exilés qui ne partageaient
ni la même cause ni le même rang. Quoi qu'il en
fût, les regards étaient restés haineux, et l'on s'était
quitté ainsi. En sortant de ce rendez-vous manqué,
Poli avait craché sur le seuil de la maison de ses hôtes,
poussé un juron sonore et mauvais, et définitif, et,
sans avoir obtenu les subsides attendus, tous étaient
remontés à cheval et avaient quitté la ville.

Ils chevauchèrent longtemps, jusqu'à un gros village nommé Colle Salvetti, et là ils s'arrêtèrent à l'auberge de la Torretta. Douze hommes, pas plus, ils
pouvaient se compter, un effectif bien faible pour
leurs projets futurs. Ils devaient cependant y retrouver trois déserteurs de l'armée toscane. Des choses à
négocier avec eux. Qui ne relevaient pas de la haute
politique, mais dont la survie du groupe pouvait
dépendre.

En les attendant ils avaient bu et joué aux dés, se faisant resservir et parlant haut. Les patrons de l'auberge obtempéraient tout en commençant à montrer des signes d'inquiétude, pas vraiment sûrs d'être payés. Lorsque les trois déserteurs arrivèrent enfin, ils s'entretinrent à part avec Poli et Antomarchi auprès desquels ils se vantèrent de pouvoir réunir d'autres hommes. On leva donc les verres pour sceller une alliance.

Aux tables d'à côté le ton montait. Accusés de tricher aux dés, deux paysans gardaient le silence mais avec un air de défi qui ne plaisait à personne. Attrapant alors un des joueurs par les cheveux, Graziani le somma en hurlant de rendre tout l'argent qu'il lui avait pris, tandis que le compagnon du tricheur se redressait avec une vivacité excessive pour prêter assistance à son camarade. Un coup partit du pistolet de *Saetta* et il s'effondra, un trou béant de chairs et d'os là où avait été son visage. Il y avait encore cinq ou six autres clients dans la taverne et, tandis que certains se jetaient par les fenêtres et s'enfuyaient épouvantés, deux d'entre eux ramassèrent dans le dos des décharges de plomb et s'affaissèrent dans l'escalier, qui menait aux caves, explosant leur carcasse déjà défunte sur les marches abruptes. Un homme se posta aux fenêtres et il réussit à abattre un des fuyards, qui s'écroula à la manière d'un sanglier et battit le sol de son pied encore un moment, le temps que les nerfs aient fini de se crisper. Les Toscans n'étaient pas en reste, et l'un d'eux passa derrière le comptoir pour s'emparer de la caisse, malgré les récriminations des aubergistes. La matrone était la plus virulente, car l'homme, lui, était à genoux et suppliait que l'on s'en aille de son établissement.

Capitaine Martini passa à sa hauteur et lui déchargea un pistolet dans la nuque. Puis la grosse femme fut traînée dans l'arrière-salle où deux hommes l'enculèrent à tour de rôle avant de lui mettre les pieds dans le four et elle finit par révéler où se trouvaient d'autres lires, en argent, et aussi quelques pièces en or, cachées sous des planches. Puis Antomarchi lui brûla la cervelle et la troupe sortit de la taverne. Dans un enclos on tua encore une vachette et un bouvillon, puis on les attela sur un travois et les hommes prirent la direction de la forêt. Des maisons alentour on pouvait voir déguerpir des villageois, d'autres fermaient désespérément leurs volets et l'on entendait les coups de marteau qu'ils donnaient en clouant leurs portes.

Ils bivouaquèrent dans la forêt et le soir les chefs parlèrent longuement avec les déserteurs. Il semblait évident qu'après le forfait de Torre Salvetti le meilleur endroit pour échapper aux troupes du Grand-Duc serait les maremmes, alors on se mit en marche dès le matin, mais il y avait beaucoup de monde dans les campagnes. La compagnie chevauchait l'arme au poing, surveillant les haies et les fourrés, évitant les sentiers trop fréquentés. On fit halte au bout de quelques heures dans une clairière, à l'orée d'un grand champ où l'on pouvait voir arriver de loin. Les hommes dévorèrent les derniers morceaux de la vachette et du bouvillon rôtis la veille. Quand les chevaux furent bien reposés on reprit la route vers le sud. Au crépuscule les cavaliers se cachèrent en bordure d'un hameau. La nuit arrivait vite. On voyait les lanternes allumées à l'intérieur des maisons, et les paysans s'employaient déjà à donner du fourrage aux bêtes dans les étables. La pluie commença à tomber, une pluie givrante qui allait très vite se changer en neige. Sous leurs capuchons, les hommes se cachèrent les visages avec des foulards. Il avait été décidé d'agir vite. Poli et trois francs-tireurs – parmi lesquels le jeune Colomba – prendraient d'assaut la grande ferme, Antomarchi et une section s'empareraient de la chaumière, et les Toscans pilleraient les dépendances. À un signal, on enfonça les portes : le plus dur du travail fut dans la ferme, il y avait de nombreuses pièces et les gens fuyaient dans tous les sens. Un jeune homme qui avait cédé à la panique et s'était armé d'une escopette dérisoire fut abattu près d'une remise et son vieux père s'étant jeté sur le cadavre en hurlant des imprécations, quelqu'un lui trancha les vertèbres d'un coup de hache. Ne restaient que les femmes et les enfants en bas âge, et aussi un autre frère du jeune que l'on venait d'assassiner, mais qui lui n'avait pas résisté. Il était blême et à deux doigts de l'évanouissement. On réunit tout le monde dans la grande salle et l'on commença à vider les placards et les coffres. Il y avait un bon butin, de l'argent et des bijoux, de l'argenterie, de la nourriture aussi, beaucoup de charcuterie de l'année passée, puis on mit la main sur des fournitures importantes, des outils et de la poudre, du plomb pour les balles. Dans la chaumière, pratiquement aucune opposition ne s'était manifestée, on avait très vite ligoté les membres d'une famille de métayers, le chef de famille était resté très calme, mais on n'avait trouvé aucun butin de valeur non plus que dans les dépendances, hormis quelques outres de vin et des produits de base pour l'alimentation, des salaisons et autres denrées sans grand intérêt. Au moins les ouvriers étaient-ils restés tranquilles, à prier, regroupés contre les murs, inoffensifs.

Dehors l'orage devenait de plus en plus violent, on pouvait imaginer l'eau qui inondait les champs, les sentiers ravinés par le ruissellement. On passa donc la nuit au sec, et l'on éparpilla le bétail des étables pour permettre aux chevaux de profiter de la bonne paille.

Le matin suivant, la troupe remonta à cheval malgré le mauvais temps. L'eau était partout, ils étaient fortement ralentis, mais en même temps ce déluge les rassurait car, dans de telles conditions, ils pouvaient compter n'avoir pas grand monde aux trousses. Vers midi ils firent halte près d'un cimetière et s'abritèrent dans une vieille chapelle. Certains, les Toscans notamment, voulaient fouiller la chapelle et voir s'il n'y avait pas de quoi piller, et revendre, mais Poli interdit que l'on profanât un lieu de culte. Personne ne toucha donc à rien. Pendant que le ciel se déchaînait, les hommes grelottaient à l'intérieur de la petite église, se blottissant les uns contre les autres. Dans le milieu de l'après-midi il y eut enfin une éclaircie. Les maraudeurs en profitèrent pour reprendre leur route vers le sud, mais les inondations ne facilitaient pas leur mouvement.

C'est à ce moment-là que les Toscans proposèrent une orientation nouvelle à leur fuite, arguant que le temps ne permettrait pas d'atteindre les maremmes sans déconvenues. De plus, si les troupes du Grand-Duc se trouvaient informées de l'affaire de Colle Salvetti, il était certain que des patrouilles seraient postées sur la route du sud. La troupe ne se trouvait pas très loin d'un bourg appelé Montenero dont les

Toscans affirmaient qu'ils y avaient des appuis. Ils conseillèrent donc la prudence, et suggérèrent d'aller à Montenero y faire retraite le temps d'en savoir plus sur les déplacements des militaires, et peut-être aussi de se renforcer là-bas des quelques amis qui accepteraient sans nul doute de leur venir en aide. Les arguments portèrent, et ils finirent par arriver dans ce gros village à quelque distance au sud de Livourne. Ils se divisèrent alors en deux groupes, les Toscans avec Antomarchi et le gros de la bande, et cinq autres avec le chef qui leur ordonna de s'accoutrer du mieux qu'ils le pouvaient afin de ressembler à des marchands. Pour rester au sec, le premier groupe ne trouva pas mieux qu'une étable crasseuse aux marges du bourg, tandis que Poli et les siens louaient avec plus de facilité des chambres infestées de punaises chez une vieille logeuse à qui il restait les manières et la vulgarité d'une ancienne vie de radasse. Olivieri faisait la navette entre les deux groupes, parce qu'il était le plus discret, et l'on se rassura lorsque l'on fut certain que nulle part dans le village on ne parlait de leurs exploits précédents. *L'Infernu* se souvenait qu'à l'instant où ils rejoignaient leurs chambres, chez la vieille pute, Poli avait sans ménagement saisi Graziani par le cou et planté son regard furieux dans le sien. L'homme n'en menait pas large et, à vrai dire, il y avait un moment déjà qu'il s'attendait à une remise au pas de ce genre. Pas de jeu, ici, pas de dés, ou je t'ouvre le ventre de mes propres mains, avait-il dit sans desserrer les mâchoires, et pas d'autre incartade, on se fait discrets le temps que tout se décante, et ensuite on décampe gentiment. Il n'était donc pas question, en l'occurrence, de refaire le coup de la Torretta, et Graziani eut bien du mal à retrouver un visage une fois que Poli eut lâché son étreinte, et que ses compagnons hilares, mais cependant attentifs à ne pas trop se faire entendre du chef, gloussaient dans son dos tout en montant l'escalier pour rejoindre leurs chambres sordides.

7

L'Infernu revint vers la ville et se promit d'y rester sobre. Mais il s'arrêta quand même dans une auberge de la citadelle et s'y installa dans l'espoir que la fripouille qu'il désirait rencontrer s'y trouverait. Il se contenta donc d'un cruchon de vin qu'il accompagna d'œufs au plat et d'un peu de lard frit. L'ordure n'arrivait pas et le temps commençait à se faire long aussi finit-il par décider de quitter les lieux, craignant d'être tenté par un deuxième cruchon. En payant la tenancière – un laideron presque aussi moustachu qu'un sergent de la maréchaussée – il s'étonna du peu d'activité qu'il constatait dans l'auberge.

La moitié de la ville est au banquet, sur le bord de mer, lui expliqua-t-elle. On inaugure le château que le comte Delaney a fait construire aux vieux étangs. Il a employé la plupart des bras disponibles, pour l'assèchement et pour la construction. C'est un homme bien, qui rêve de voir prospérer le pays, et il donne du travail à tout le monde. Mais aujourd'hui ils sont tous en bas, à festoyer, et donc ici il n'y a personne. Tous invités par le comte. C'est ainsi.

Il s'en alla récupérer sa monture et – à tout hasard – il décida d'aller faire un tour vers les vieux étangs, où il savait qu'effectivement un grand chantier était ouvert depuis plusieurs années. Il franchit au trot les murs de la citadelle, et prit le sentier de la mer sur le versant clairsemé, là où étaient les nouvelles plantations d'oliviers et les maisonnettes des ouvriers. Puis il longea la mer jusqu'aux étangs et, avant d'arriver au domaine du comte désormais baptisé Louise-ville, allez savoir pourquoi, il vit de la fumée et une odeur de viande grillée lui chatouilla agréablement les narines. Il comprit que l'on rôtissait des bêtes en l'honneur de sa seigneurie, et plus il s'approchait plus les voix et les rires se faisaient entendre. Oui, la moi-tié de la ville était bien là, et le festin donné pour célébrer la fin du chantier était des plus impression-nants. Sur les pelouses, journaliers et bas peuple se gavaient de beaux quartiers de viande comme ils n'en avaient sans doute jamais vu, et des équipes de cui-siniers s'affairaient autour des foyers où des génisses entières tournaient sur des broches gigantesques. Les pontes, eux, étaient rassemblés sur la grande terrasse à ciel ouvert du château fraîchement sorti de terre, une bâtisse prétentieuse, toute de pierre ouvragée et reposant sur d'authentiques colonnes romaines dont la réalisation avait dû coûter une fortune. Sur la terrasse aux bordures de marbre, des serviteurs empesés présentaient des plateaux de mets raffinés à ces messieurs à bacchantes et cols montants, et à ces dames en pâmoison. Un frisson d'angoisse lui parcourut l'échine : dans cette assemblée de rupins et autres officiels, certains portaient des uniformes rutilants, et les officiers de la gendarmerie, peut-être même le préfet en personne, devaient inévita-blement se trouver là en compagnie du maire et de leur hôte prestigieux. Redoutant de se jeter dans la gueule du loup et plus trop sûr de sa bonne étoile, il décida sagement qu'il valait mieux ne pas s'attarder sur les lieux.

C'est en tirant sur la bride pour faire demi-tour qu'il aperçut alors la petite vermine qu'il recherchait, un homme pas très grand, presque un freluquet, à la face de rat et aux oreilles invraisemblables, et qui gueuletonnait avachi près d'une nappe avec d'autres énergumènes de son acabit. Bien, se dit-il, il ne restait plus qu'à attendre patiemment que l'olibrius en eût fini avec les agapes, et il pourrait le cueillir lorsqu'il s'en rentrerait par les sentiers, sans doute à moitié titubant. Il poussa son cheval jusqu'à un sous-bois, à bonne distance, et se dissimula sous un buisson d'où il pouvait garder un œil sur les convives et l'avorton qui faisait l'objet de son attention. Vers la fin de l'après-midi, des majordomes passèrent parmi les gueux enivrés et leur indiquèrent que la fête était terminée, et qu'il convenait de laisser M. Delaney profiter de sa nouvelle demeure en compagnie de qui de droit. Hommes et femmes s'extirpèrent de leur débauche et, dans un sublime élan de servilité, chacun se mit en devoir de quitter les lieux, dissimulant du mieux possible dans des tabliers ou des paniers d'osier ce qui pouvait être emporté des restes de victuailles. L'homme-rat se mit en route, à pied, avec cinq ou six compagnons, et ils s'engagèrent par chance sur le chemin qui menait jusqu'à la cachette de *L'Infernu*. Que son instinct, une nouvelle fois, n'avait donc pas trahi.

Arrivé à bonne hauteur, le groupe fut arraisonné par l'homme à la barbe grise. Certains l'avaient déjà vu en ville, sans trop savoir qui il était, quelque vieux montagnard qui faisait des affaires dans les tavernes, sans doute, puis qui s'en retournait dans sa bourgade lointaine et haut perchée dans l'intérieur des terres. Mais à son expression et au fusil qu'il tenait sur le bras, ils ne tardèrent pas à comprendre que son irruption n'était pas fortuite. Après des salutations vite expédiées, un soulagement parut saisir le petit groupe lorsque l'homme s'adressa à Faustin, celui qui avait une tête de loir. Puisque l'homme n'en avait après personne d'autre, autant accélérer le pas et laisser ces deux-là régler ce qu'ils avaient à régler. Quant au dénommé Faustin, il vit ses compagnons s'éclipser avant d'avoir lui-même le bon réflexe qui consistait à détaler ventre à terre, et il resta interdit en tête à tête avec *L'Infernu*, que lui connaissait par contre assez bien.

Belle journée, Faustin. Je vois que tu t'en viens de la fête.

Oui. Le comte nous a offert un repas. C'était plutôt une belle journée.

Tu as travaillé pour le comte ? Je pensais que tu valais pas un clou comme artisan. Comme quoi, on peut se tromper.

J'ai été contremaître, ici, et dans les collines aussi, où le comte a fait déboiser, il a acheté beaucoup de terrains. C'est un homme ambitieux.

Un rupin tu veux dire. Un étranger. Une sale ordure. Il paye bien, j'espère ?

Oh, ça pourrait aller mieux tu sais.

T'inquiète pas, pourriture, j'en veux pas à ton argent. Je veux juste faire deux pas avec toi, et qu'on puisse discuter, comme au bon vieux temps.

Faustin était de plus en plus pâle, ne sachant quel prétexte trouver pour éviter de suivre le brigand.

Même s'il n'avait jamais assisté à ses faits d'armes, il connaissait par cœur la litanie des différents assassinats qu'on lui attribuait. Se trouver avec lui en cette heure, et accepter de s'écarter du chemin en sa compagnie ne lui disait trop rien. Il ignorait ce que *L'Infernu* pouvait bien lui vouloir, et il avait même la certitude de n'avoir aucun compte à solder en ce qui le concernait. Mais il savait aussi très bien que *L'Infernu* ne réglait pas souvent les ardoises pour son compte personnel et, pour dire la vérité, Faustin le Rat avait bien quelques crapuleries sur la conscience qu'on aurait pu lui faire payer une bonne fois pour toutes. À la fin il se décida à ouvrir la bouche, mais il bredouillait plus qu'il ne parlait, et sa voix tremblante était à deux doigts de se briser dans une pleurnicherie lamentable.

Tu vas me faire du mal, Ange ?

Pourquoi tu penses ça ? On a des choses à discuter, c'est tout.

Le comte, il m'a pas donné beaucoup d'argent, mais je peux partager si tu veux.

On verra ça, ouais, mais maintenant arrête. Tu vas me suivre et je vais pas te tuer, puisque je vois bien que c'est ça qui te chagrine. Mais tu vas quand même marcher avec moi et on va s'asseoir et parler, parce qu'il y a des choses que je veux savoir.

T'es sûr ? Tu vas pas me tuer ?

Si, peut-être, j'hésite. Si tu continues à jouer la mauviette, oui, je pense que je vais pas attendre plus longtemps, et je vais te brûler la cervelle. Maintenant tu bouges le pied droit vers l'avant, tu fais un pas, puis tu ramènes ton pied gauche, et ça fera un deuxième pas, et tu marches jusqu'à ce que je te dise de t'arrêter. Et comme tu me connais, tu ferais mieux de t'activer, parce que la patience et moi, comment dire, on fait pas de la politique ensemble.

Ainsi se mirent-ils en route, *L'Infernu* sur son cheval, et le bougre Faustin qui le précédait à pied, et qui sentait bien qu'un canon de fusil le maintenait en joue et ne le manquerait pas s'il essayait stupidement de s'enfuir. Ils s'enfoncèrent ainsi jusqu'à l'embouchure du fleuve et franchirent la passerelle jusqu'à un îlot. Là, Faustin découvrit une cabane perdue au milieu des joncs avant de se retrouver sans tarder attaché à un chêne-liège qu'on avait apparemment oublié de démascler. Il se mit à supplier.

T'es pas obligé de faire ça, Ange. Je te dirai tout ce que tu veux savoir, mais en fait je sais pas ce que tu veux.

C'est sûr. C'est sûr que tu vas parler. J'en doute même pas une seconde. Mais d'abord je vais te faire un peu mal, parce que tu vois, tout à l'heure je t'ai menti. Et puis si tu la ramènes avant que je t'aie fait morfler, je vais pas croire à ce que tu racontes.

Pitié Ange. Aie pitié, s'il te plaît.

J'ai rien contre toi, le Rat, mais ce qui doit être fait doit être fait. Et puis dis-toi que c'est pour ton bien, tu seras pas plus moche après le petit ravalement de façade que je te prépare. Je dirais même qui s'impose.

Fais pas ça, je t'en supplie.

J'y peux rien, mon ami, c'est une garantie sur la vérité, rien de plus. Le seul moyen de certifier la valeur de ce que tu vas cracher.

Faustin hurla comme une bête lorsqu'il vit le couteau, puis encore plus fort lorsqu'il sentit qu'on lui rabotait les oreilles. Mais étonnamment la douleur était moins grande que la peur. *L'Infernu* avait agi vite, de manière cruelle, certes, mais somme toute assez généreuse, sans s'attarder sur la découpe, tranchant dans le vif plutôt que cisaillant, et de plus il avait une bonne lame, affûtée à merveille, pas un outil qui accroche, ou qui ripe, et à ce moment-là c'était tout de même appréciable. Le sang chaud coulait maintenant des deux côtés de la tête de Faustin le Rat, et il ne criait plus, parce que *L'Infernu* lui écrasait la bouche d'une main, et lui visait l'œil avec la pointe du couteau de l'autre.

Ta gueule, Faustin. Je veux dire arrête de brailler, tu as pas vraiment mal. Tu ouvres grand ce qui reste de tes oreilles et tu m'écoutes. Je vais te poser des questions, et si tu réponds à côté, c'est ta queue que je taille en biseau.

En larmes, Faustin acquiesça de la tête pour dire qu'il avait compris, et qu'il était prêt à balancer tout ce qu'on voudrait bien qu'il balance de sorte que *L'Infernu* finit par relâcher la pression que sa main exerçait sur le museau du rongeur.

Je veux juste que tu me parles des Santa Lucia, dit-il. Je sais que tu leur sers de guide lorsqu'ils passent dans la région. Tu fais ça depuis des années, et c'est pas la peine de le nier ou bien ça ira mal pour ton grade. Ce que je veux savoir, c'est où ils crèchent à l'heure actuelle, des planques ils en ont des tas, moi je veux la bonne, et toi tu es au courant, alors tu vas me les loger. Je veux savoir s'ils sont accompagnés, s'ils ont une bande avec eux, et enfin je veux que tu oublies tout ce qui s'est passé ici, que tu oublies ma gueule, et que tu la ramènes jamais et que tu dises jamais que je t'ai posé des questions. Et si tu fais tout ça, si tu réponds et que tu effaces mon nom de ta mémoire, peut-être, mais, je dis bien, seulement peut-être, je te laisserai repartir entier là où tu dois aller.

Faustin en dit bien plus que tout ce qui lui était demandé, avec force détails et révélations sur tout ce qu'avaient fait les frères Santa Lucia dans la région et ailleurs, les vols de bétails et les rackets organisés, les assassinats et même un viol ou deux au passage. Il indiqua où se trouvait leur repaire dans la montagne, précisa qu'ils y étaient en ce moment même, et qu'il leur avait rendu visite une petite semaine auparavant, pour leur apporter une bourse qu'un propriétaire terrien devait leur remettre, une sorte de rançon dont le Rat ne savait pas grand-chose, mais qui devait être liée à l'exploitation du liège. Il ajouta aussi, au grand étonnement de *L'Infernu*, que Le Long n'était plus avec eux. Ils s'étaient disputés à propos d'une répartition, ce qui était étonnant mais possible entre gens de cette espèce. En fait Le Long avait volé des cochons pour son propre compte, après avoir reçu des informations des Santa Lucia, et il avait nié en avoir tiré un bon prix. Bref, le torchon brûlait entre lui et les frères, et l'ancien complice, réfugié dans son village natal, à quelques encablures, s'y terrait en attendant une expédition punitive qui n'arrivait plus. Faustin raconta également une infinité de choses et d'histoires sans intérêt et il parlait toujours lorsque *L'Infernu* lui brûla la cervelle. Il ne se rendit compte de rien, il n'entendit même pas le bruit de la détonation, et une heure plus tard il gisait pour l'éternité dans un trou que *L'Infernu* avait creusé dans le sable au milieu des joncs. L'éternité peut-être pas, mais en tout cas le temps nécessaire pour qu'on l'oublie, qu'on cesse de le chercher, et puis qu'un jour la mer, qui façonne et qui ronge cet estuaire depuis des millénaires, décide de ramener ses os blanchis à la surface d'un banc de sable, sans que l'on sache jamais à quel misérable avait appartenu cette carcasse.

Une fois son forfait accompli, et la besace pleine de tous les renseignements dont il avait besoin, le vieil homme au chapeau de feutre et à la barbe grise se mit en selle. Il abandonnait sa cabane sordide, et cette cachette qu'il avait trop vue et trop subie, et il s'en allait en vidant une cruche d'eau-de-vie et en tirant derrière son cheval une mule qui portait la sacoche en cuir contenant les dernières malheureuses affaires qu'il possédait sur cette terre, des armes, des munitions et quelques guenilles. Il se dirigeait vers le plateau, là où se trouvait la maison de la fille Vénérande, car l'instant était venu de se mettre en marche et d'honorer le dernier contrat que sa vie de chien lui proposait.

8

On avait d'abord envoyé Capitaine Martini et deux hommes à Livourne pour acheter des vivres et du plomb, puis vendre quelques effets et toute l'argenterie saisis pendant les rapines. Il fallait aussi aller aux nouvelles, savoir si l'on parlait d'eux, des coups de main des dernières semaines. Dans une auberge du port, Ange Colomba attendait seul le retour de Capitaine Martini et de *Saetta*. Il en avait, quant à lui, fini avec sa corvée de ravitaillement et il avait posé un baluchon plein de biscuits et de salaisons sur le banc à côté de lui. À un moment un Turc s'assit à sa table et lui proposa, plutôt amicalement, de lui montrer ses marchandises, il pourrait peut-être lui en offrir un bon prix. S'imaginant qu'il pourrait faire une plus-value sur ses achats et, pourquoi pas, détourner quelques lires pour son propre compte, le jeune homme discuta donc les prix avec le marchand turc, tout en buvant du vin. Le Turc sortit de l'argent et le montra même un peu trop. À une table voisine, se trouvait un Russe colossal au crâne rasé qui, depuis un moment, interpellait les uns et les autres d'une voix de stentor dans un italien des plus exécrables. Il se vantait d'être une canaille mais également un aristocrate déchu que l'on avait condamné à la servitude pénale, et se moquait ouvertement et avec férocité des Italiens et de leurs sociétés secrètes, à l'origine, déclarait-il, de son intoxication puis de sa relégation sur le navire disciplinaire où il servait apparemment. Levant son verre, il jurait qu'il reniait les décabristes, ou quelque chose de ce genre, et affirmait qu'il n'y avait jamais eu dans toute la Sainte Russie de Tsar plus vénérable que le bon Nicolas, tous propos aussi exotiques qu'à moitié déments, auxquels nul, en ce lieu du bout du monde, ne comprenait rien. C'est alors qu'il aperçut l'argent que le Turc exhibait avec trop d'insouciance et que, déployant toute sa masse, il se déplaça pour venir s'asseoir à leur table. Il dit au Turc que fortuné comme il l'était, il pouvait bien lui payer un verre, mais le Turc rangea aussitôt son argent et nia être riche. Après avoir traité le marchand de sale Turc et maugréé tant qu'il pouvait contre les pourritures de son espèce, le Russe finit par lui glisser la main dans la poche dans l'intention d'en extraire la bourse qu'il avait laissée voir un court instant. Au moment où le malheureux Turc se levait pour tenter de lui échapper, l'horrible importun l'attrapa par le col et le contraignit à se rasseoir pour mieux lui broyer la cuisse d'une main en hurlant pour réclamer l'argent.

Colomba, bien que stupéfait par cette intrusion des plus désagréables, prit d'instinct le parti de son compagnon de tablée, et il chercha timidement à s'interposer, déclarant au Russe d'une voix mal assurée que maintenant cela suffisait, qu'à l'évidence il était ivre, et il s'apprêtait à lui intimer l'ordre de les laisser tranquilles lorsqu'un violent coup de poing en pleine face l'étala sous son banc, mettant un terme à sa si peu convaincante diatribe tandis que, déchaîné et à présent mûr à point, le Russe s'en prenait de nouveau au Turc et le giflait à plusieurs reprises, sans que celui-ci, paralysé, n'ose à aucun moment lui opposer la moindre résistance au point de finir par donner à son agresseur tout l'argent qu'il avait dans sa bourse. Colomba, à demi étourdi, finit par se relever, et voyant le Russe triomphant mais vacillant comme une outre trop pleine au milieu de la pièce, il tenta un assaut désespéré qui lui valut de se faire pour de bon rosser par le géant. Pendant que des clients hurlaient de loin et appelaient au secours, le marin, esquivant la ruade, saisit le jeune homme à pleines mains et le fit basculer sur une table, puis il se mit en devoir de lui bourrer allègrement le visage et les côtes à coups de poing, le jetant enfin à terre tout en continuant à le frapper à coups de pied tandis que Colomba rampait sous les tables et essayait misérablement de se protéger en se saisissant d'un tabouret renversé que le Russe lui prit des mains avant de le lui casser sur le dos. Il l'avait presque tué lorsque la patrouille du port entra dans l'établissement. Les gardes avaient déjà l'arme au poing, ils mirent le Russe en joue. Le colosse laissa simplement échapper un rire, avant de poser le tabouret et de lever les mains en disant au capitaine de tirer, une expression de défi hallucinée sur le visage. On sentait les militaires mal à l'aise : ils avaient compris qu'ils avaient affaire à un marin du navire de guerre russe en escale dans le port, et ils ne voulaient pas d'incident diplomatique. Ils questionnèrent néanmoins le patron de l'auberge sur le pourquoi de cette échauffourée et le patron, montrant le Turc qui était resté transi dans un coin, toujours sous le choc, raconta comment le Russe lui avait pris son argent, et comment le jeune voyageur avait cherché à aider le marchand avec qui il était en affaires. Le capitaine ayant demandé au Russe de rendre l'argent volé, celui-ci obtempéra en tendant la bourse au Turc avec un rire débile, puis l'officier se tourna vers l'inconnu et, après avoir bien précisé que tout était rentré dans l'ordre, lui demanda s'il voulait porter plainte pour les coups reçus. Colomba réfléchit rapidement. Le fait que son nom fût associé à une enquête approfondie ne pouvait lui attirer que des ennuis : on pourrait remonter jusqu'à la bande et l'interroger sur les derniers évènements dans les campagnes, et à Colle Salvetti notamment. Il risquait clairement la corde et répondit finalement que non, il ne porterait pas plainte, puisque le Turc avait retrouvé sa bourse il n'y avait plus rien à dire. Chacun quitta alors les lieux, signant ainsi la fin de l'incident : la patrouille, le Russe qui adressait à Colomba des regards narquois, le Turc qui étouffait et voulait être ailleurs au point, tout en déguerpissant, d'oublier de remercier le jeune homme pour sa piteuse tentative de lui venir en aide. Colomba s'affala sur un banc, l'aubergiste et quelques clients enfin à son chevet. On lui apporta de l'eau pour qu'il se lave le visage, tout en crachant quelques dents. Peu de temps après la bagarre, Capitaine Martini et *Saetta* franchissaient le seuil de la taverne. *L'Infernu* se souvenait de leurs visages effarés quand ils découvrirent l'état dans lequel il était et de la manière dont ils l'accusèrent de s'être enivré et d'avoir manqué de discrétion et, quand il leur eut expliqué tout ce qui s'était passé, de la violence redoublée avec laquelle ils lui reprochèrent de s'être fait tabasser par un Russe. Puis ils s'étaient assis avec lui et avaient demandé qui était le marin, ce que le jeune Colomba avait bien pu dire à la patrouille. À la fin, quoiqu'un peu rassurés, ils suggérèrent de ne pas s'attarder car pareille bagarre était loin de faire leurs affaires. La nuit ils dormirent dans une pension chez un Juif, les draps étaient humides, ils devaient faire la chasse à des punaises grosses comme le pouce, ils ne dormirent presque pas, puis à l'aube ils se levèrent pour charger leurs montures. Comme Colomba souffrait, peut-être des côtes cassées, les autres l'aidèrent à se mettre en selle, sans trop de délicatesse. Au lever du jour, ils sortirent de la ville, et ils chevauchèrent vers le village où les attendait le reste de la bande. Ils ne firent aucune halte, passant au large du moindre uniforme, fût-ce d'un simple courrier, sans jamais s'arrêter pour demander leur route. Pendant qu'ils chevauchaient, le ciel gris rompit de nouveau, et une pluie glacée leur fouetta le visage.

Lorsque les hommes virent la tête enflée de Colomba, ils commencèrent par rire et par se moquer avant de demander à Capitaine Martini et à *Saetta* : et vous vous étiez où ? Ceux-ci, gênés, s'expliquèrent comme ils purent. Mais Poli, lui, n'avait pas ri : il aimait bien le jeune Colomba, il le savait fiable et dévoué, c'est pourquoi il se tourna vers la troupe pour l'admonester. On ne riait pas des insultes, dit-il, on les lavait plutôt dans le sang, et si on touchait à l'un d'entre eux, c'était comme si l'on touchait à tous les autres. Il dit aussi que si un soldat de l'armée bleue avait violé leur femme au pays, ils auraient pris le bateau et franchi des centaines de lieues pour venger l'offense, et que cette fois il en allait de même. À ces mots les hommes, sans même attendre que le chef ait fini de parler, sortirent les montures de l'étable et les chargèrent, les fusils bien sanglés sur les selles, puis ils quittèrent Montenero et partirent au galop vers Livourne sans tenir compte ni du déluge ni du vent, espérant, au contraire, être arrivés en ville bien avant que le navire russe ait pu appareiller. Au soir ils étaient parvenus à destination, et les gens s'écartaient dans les rues pour laisser passer le cortège, voyant bien, aux costumes des cavaliers, qu'ils avaient affaire à un fort parti de brigands des campagnes, et qu'une bande si nombreuse ne se déplaçait certainement pas pour rien. Ils arrivèrent sur le port et se dirigèrent en procession sur les quais, et là seulement ils mirent pied à terre, établissant une sorte de bivouac à proximité des mouillages, à peine dissimulés au milieu des caisses et des nombreux tonneaux qui attendaient d'être embarqués pour toutes les destinations possibles. Après quoi ils délestèrent les sangles qui retenaient les fusils, sans sortir ceux-ci de leur gaine, et observèrent les différents navires dans l'espoir d'identifier un drapeau inconnu qui eût pu être russe. Pendant ce temps, Poli et Colomba marchaient sur les quais, des stylets cachés dans leurs ceintures, et scrutaient les différents équipages, épiant, tels des prédateurs, les marins qui montaient ou descendaient des navires, passant chaque visage à l'examen afin d'y reconnaître celui du géant. Le gros de la troupe, y compris les déserteurs toscans, restait en retrait, protégé des regards et de la maréchaussée par les marchandises et les caisses bâchées, prêts à intervenir. Dans le silence, le froid et la nuit qui tombait, les hommes étaient emmitouflés dans leurs vareuses, silencieux, semblables à des anges de la mort s'apprêtant à déferler sur le monde.

L'Infernu revoyait cet instant. Le visage fermé de Poli cependant que leur quête n'aboutissait à rien. Cette crainte qui montait en lui à l'idée de devoir endosser à vie son humiliation faute d'avoir pu solder les comptes avec le Russe. Sans réussir à cacher sa déception, Poli disait qu'il avait dû être mis aux arrêts, à fond de cale sur son maudit navire et qu'on ne le trouverait pas. À moins qu'ils n'eussent appareillé. Qu'il allait falloir renoncer et, au nœud qui lui tordait l'estomac, Colomba sentait bien que sa défaite était consommée.

Ils allaient faire demi-tour pour rejoindre le groupe lorsqu'il tira son chef par la manche, lui indiquant un vaisseau prétentieux qui aurait très bien pu être celui qu'ils recherchaient, et, quasiment au moment où le vaisseau se révélait à eux, le diable décida de jouer lui aussi sa partition et de leur venir en aide. Un groupe de matelots qui parlaient haut et fort, des types trop sûrs d'eux, descendait la passerelle du navire russe. Celui qui fume la pipe, avec le bonnet en fourrure, dit Colomba. Ils suivirent à distance le groupe qui s'engagea dans un dédale de ruelles ruisselantes d'immondices. Enfin les Russes entrèrent dans une auberge, le fumeur passa la porte en dernier, et attarda un œil derrière lui comme guidé par l'instinct d'un animal mauvais. Il n'y a pas de temps à perdre, dit Poli, je surveille la sortie et toi tu vas chercher les autres. Il se peut qu'ils se méfient, ne tardez pas. Mais Colomba était bien décidé lui-même à ne pas lanterner, et il fut vite revenu avec le reste de la bande. Il fut convenu qu'un des Toscans, Olivieri et Graziani garderaient les chevaux et couvriraient l'attaque en cas d'intervention de la police portuaire, puis ils décrivirent le groupe des Russes, quatre hommes, et celui qui fumait la pipe, on chargea les armes et l'on sortit des cordes, les visages disparurent derrière des foulards, et sans attendre ils se dirigèrent à leur tour vers l'auberge où, par une fenêtre, un guetteur avait repéré les marins, assis à une table toute proche de l'entrée. On ouvrit la porte et Poli surgit en premier, suivi d'Antomarchi et de *Saetta*, parce que ces trois-là étaient les plus redoutables, et les autres entrèrent à leur tour et pointèrent leurs fusils vers les clients pendant que le trio fonçait droit sur les Russes et ouvrait déjà le feu. Poli, qui avait à la main un pistolet à deux coups, abattit l'homme qui était au centre et qui lui faisait face, et *Saetta* déchargea son mousquet sur la nuque du marin qui avait le dos tourné. Antomarchi s'occupa du Russe qui était en tête de table, lui envoyant dans la tempe une balle qui ressortit pour s'écraser contre le mur, emportant avec elle un énorme morceau de cuir chevelu. Les morts tombèrent de leurs chaises sans pousser le moindre cri, et le Russe qui fumait la pipe se leva d'un bond pour foncer sur Poli, qui était le plus proche de lui, lequel lui déchargea sa deuxième balle dans un genou. En s'effondrant, le marin essaya d'agripper le tireur par sa vareuse, mais le chef s'écarta et lui asséna un coup de pistolet sur le sommet du crâne cependant que *Saetta* faisait de même avec la crosse de son fusil, laissant le Russe à moitié assommé sur le sol. Giammarchi et Limperani mirent à profit l'instant pour se saisir des cordes et entraver le colosse, les tireurs étaient déjà en train de recharger leurs armes, aucun client ne bougeait, certains étaient accroupis derrière des tonneaux, d'autres restaient immobiles et silencieux, une putain avait tourné de l'œil et un client s'affairait à son chevet en s'efforçant à la discrétion. On tira le Russe à l'extérieur de l'auberge et les hommes avec les chevaux accoururent. On jeta le blessé en travers d'une monture et la troupe repartit au grand galop. En repassant devant l'auberge les hommes poussèrent des cris effrayants et déchargèrent plusieurs armes contre les fenêtres et la porte de l'établissement. Puis ils s'enfoncèrent dans la nuit et chevauchèrent de nouveau vers le port. Arrivés sur un quai éloigné, ils mirent pied à terre et renversèrent le Russe sur les pavés. On lui accrocha une corde autour du cou et on le traîna jusqu'à la mer. Le jeune Colomba et Antomarchi entrèrent dans l'eau et firent agenouiller le Russe entre eux deux, comme pour un baptême. L'homme était à présent bien réveillé et un rictus impossible à interpréter – de défi à l'adresse de Colomba qu'il semblait avoir reconnu, ou de terreur face à ce qui allait lui arriver – défigurait son visage. Allez, dit Poli, et les deux bourreaux plongèrent la tête du Russe sous la ligne de flottaison. L'homme se débattait mais il était solidement entravé et les deux autres le maintenaient de toutes leurs forces. Le corps du marin se cambra, ses épaules furent agitées de soubresauts violents. Il mit longtemps à mourir, avalant à pleins poumons une eau salée qui l'étouffait et le brûlait atrocement, sa tête remua en faisant remonter quelques derniers souffles d'air, puis elle ne remua plus, et il y eut un instant où les deux hommes comprirent que la chose vivante qu'ils maintenaient sous l'eau était devenue une chose morte. Alors il fut temps de quitter Livourne et de retourner à Montenero. Poli tapota amicalement la nuque du jeune Colomba alors qu'il le dépassait à cheval, et d'autres hommes firent de même, comme en manière de repentir pour s'être moqué, après quoi on chevaucha sans plus s'arrêter jusqu'au repaire auquel on parvint au tout petit matin.

9

Au fur et à mesure qu'il gravissait le sentier qui le menait vers le plateau, il se disait que la gosse habitait vraiment au bout le plus perdu du monde. Pourquoi des gens avaient-ils construit leurs maisons dans un endroit pareil ? Le trajet entre l'estuaire – où il venait de laisser son taudis – et le lopin misérable qu'elle lui avait indiqué était des moins engageants. On longeait tout d'abord la mer, en suivant la piste récemment aménagée pour les douanes, et en essuyant à plein visage les gifles traîtresses des lentisques, puis à l'endroit où se dressait le monolithe en pierre qui servait de balise, on obliquait sur la droite, vers les escarpements granitiques. Plus on s'éloignait de la mer et plus l'âpreté du terrain se révélait austère et à tous égards inhospitalière. Même à cheval, il était difficile de ne pas souffrir dans les montées abruptes, où il fallait se courber pour éviter des branches d'arbousiers grosses comme l'avant-bras, ou d'autres arbustes tout aussi affolants que l'on n'élaguait plus depuis des années. En certains endroits, le tracé de la sente disparaissait pour laisser la place à une coulée de pavés étranges et dangereux qui formaient autant de polygones aux faces infinies, ou même à des galets incongrus en ces lieux où l'eau n'était présente nulle part, tout au plus pouvait-on imaginer qu'elle avait jailli ici autrefois, sur des versants bien trop escarpés, en des temps que l'homme ne pouvait se représenter, avant d'en être expulsée comme sous l'effet d'une malédiction inéluctable. Au bout d'une bonne heure d'ascension, et après avoir affronté une multitude d'épineux acérés, et des troncs morts et instables pareils à une légion vaincue que le ciel aurait tétanisée dans sa désolation, arbres tristes qui ne servaient plus que de nids à fourmis rouges, *L'Infernu* parvint enfin sur le plateau. Des oliviers et des chênes rendaient l'endroit moins effrayant, et quelques brebis paissaient dans leurs clos de pierres ramassées, indifférentes à la venue de l'étranger. Le chemin lui-même redevenait praticable, bien qu'en certains endroits il ne se donnât pas la peine de contourner des dalles lisses et arrondies qui, par temps de pluie, devaient constituer comme autant de pièges sournois, voire mortels. *L'Infernu* cracha sa chique sur une des dalles, maudissant Dieu sait quoi, et Dieu sait qui, et il engagea sa monture sur le chemin. Jusqu'à ce que la demeure de la fille apparaisse, sur une dernière élévation en bordure des crêtes.

Elle était là comme si elle l'attendait, assise sur la placette où elle cardait un tas de laine brune et grossière, sans doute destinée à la confection d'horribles vêtements, et elle se contenta de lui sourire en le voyant apparaître. Il ne lui rendit pas son sourire, et attendit qu'elle l'eût invité à descendre de cheval pour s'exécuter. Toujours grave, et sans se répandre en d'inutiles banalités qu'eût imposées le protocole en d'autres circonstances, il accepta le cruchon d'eau fraîche qu'elle lui tendait, s'assit sur le muret qui faisait face à la maison et se désaltéra longuement. Vénérande commençait à entrevoir que *L'Infernu* n'était pas là pour une simple visite de négociation, et malgré elle une certaine inquiétude commença à l'irriter.

Si tu dois me suivre, fille, c'est aujourd'hui, dit le tueur d'hommes.

Elle comprit que quelque chose s'était passé, que sa relation avec *L'Infernu* venait de franchir un cap, sous le signe du danger et de l'abomination. Ce fut comme un transport, comme si le futur l'assaillait dans sa puissance et son horreur, à travers une cascade d'images ténébreuses qui résonnaient en elle comme des mises en garde, et en même temps que son ventre se nouait, un frisson la parcourait, d'une force inconnue, qui semblait vouloir la faire crépiter dans une sorte d'extase telle qu'elle n'en avait jamais connu où la peur sourde du néant se mêlait à l'intense présence de son corps abandonné à la plus ambiguë des excitations.

Vous savez quelque chose de neuf, finit-elle par lâcher.
Oui, je sais où ils sont.
Les salauds qui ont fait du mal à mon frère ?
Eux-mêmes, fillette, mais ils ne nous attendront pas des années.
Je peux pas tout lâcher comme ça.
Faut savoir ce que tu veux.
La maison, je dois m'en occuper avant de partir.
C'est trop tard, fille. Je te dirais bien que tu me dois plus que prévu. Et que le Rubicon je l'ai déjà

franchi, mais on dira que c'était une avance gracieuse. En tout cas il ne fallait pas que je laisse vivre le rat crevé qui m'a fourni des indications. Et maintenant j'ai déjà les mains à moitié sales pour tes affaires.

C'est-à-dire?

C'est-à-dire que je risque pas de remettre un pied à la ville, on m'a vu discuter avec quelqu'un, et ce quelqu'un aurait très vite prévenu les hommes que tu recherches. Alors il roupille maintenant au milieu des crapauds et des sangsues, pas loin de ma cabane. Si on va fouiller là-bas, inutile de te dire le nom de celui qu'on va soupçonner.

Ces mots l'avaient clouée sur place. Ce n'était plus le futur qui l'assaillait, mais la noirceur d'un présent qui ne devait rien aux songes.

Qui c'était, ce malheureux? dit-elle au bout d'un moment, en maîtrisant du mieux qu'elle pouvait le tremblement de sa voix.

Qu'est-ce que ça peut faire? Une canaille. Mais un homme quand même. Ou une moitié d'homme seulement, mais ça change pas grand-chose. En tout cas il a été le premier de la liste. Une victime nécessaire, voilà tout.

Vous l'avez tué?

Je l'ai tué pour nos affaires, fille. C'est ça qu'on fait tous les deux. Tu avais oublié?

Je veux qu'ils payent, je vous l'ai dit. Mais celui-là je sais pas qui c'était.

Celui-là savait des choses. Et il en savait encore plus après qu'on ait causé. Les Santa Lucia seraient revenus, mais j'aime pas faire ça, ce qui est pas prévu. Bon, c'était un vaurien, mais quand même.

Alors tu fais tes affaires et tu me suis, parce qu'on a de la route, ou alors j'y vais tout seul, je fais ça à ma manière, mais la facture sera plus élevée.

Au fond d'elle-même, elle n'était pas vraiment triste. Elle avait attendu qu'il vienne à elle, et qu'il donne le signal. Et cette excitation, qui n'avait pas refroidi, dans tout son corps. Vider les lieux, prendre son baluchon et partir un temps, faire ce qu'on a à faire, voir des horizons nouveaux, et solder ce qui doit être soldé, quelle que soit la manière. C'était donc le moment, qui était venu, et qui ne repasserait jamais. Tant pis avec qui. Ce vieux traîneur de sabre en valait bien un autre. Elle se vit, chevauchant à ses côtés, tournant le dos à ce plateau misérable, ne plus revenir. Jamais. Même si jamais voulait seulement dire le temps d'accomplir une tâche. Elle ne ferait pas marche arrière.

On a un contrat, fit-elle en réveillant son sourire, et *L'Infernu* resta un peu interloqué par le détachement soudain dont elle témoignait. J'imaginais pas pour celui que vous avez fait parler. Mais je suis prête, de toute façon je suis prête. Il faut juste que je le prévienne, mon frère.

En même temps qu'elle disait ça, un homme encore jeune – semblait-il – pointa son visage dans l'encadrement de la porte de la maison de pierre. *L'Infernu* eu le temps de l'apercevoir, et l'homme le regarda quelques secondes depuis l'entrée. Puis il disparut. Comme une bête qui replonge dans sa tanière.

Petit Charles, dit la fille. Il ne sait pas qui vous êtes.

Fille, j'ai l'impression qu'ils ont pas fait du mal qu'à sa gueule. Il a pas l'air complètement avec nous, ton frère.

Je sais. Il est comme ça depuis que c'est arrivé.

Il est cloîtré là où il sort, des fois ?

Non, il sort, mais il ne veut voir personne. Et si quelqu'un vient il se cache. Même avec moi c'est pas facile.

Pas facile, non. Je peux croire ça.

C'est un ange, Petit Charles. Il fallait pas lui faire du mal.

L'Infernu avait vu des tas de choses plus horribles les unes que les autres tout au long de sa vie, sans parler de celles qu'il avait lui-même provoquées. Il se disait que le portrait qu'il venait d'entrevoir était juste une de ces choses. La peau avait été mise à nu, et le cuir chevelu avait cicatrisé, sans que rien ne repousse jamais dessus. C'était une longue cicatrice, qui partait du cou, et qui envahissait tout un être, vivant, mais dont la boîte crânienne aurait été en partie à découvert. Un monstre d'homme au regard halluciné, par sa propre image sans doute, et qui portait au beau milieu du visage toute l'abjection dont est capable sa propre espèce. Le hors-la-loi n'avait vu que l'enveloppe, furtivement, mais ça lui suffisait. Pour comprendre ce qu'il pouvait rester de l'âme. Pour imaginer les tourments sans fin qui devaient consumer l'horrible créature. Les tourments silencieux d'un homme qu'une lame assassine avait condamné au silence éternel. Il recracha un nouveau jet de salive brune et se leva pour rejoindre son cheval.

Je vais m'allonger là-bas à l'ombre, dit-il à la fille, je suppose que c'est l'olivier dont tu m'as parlé, où les tiens ont chopé les fièvres. Et quand tu seras prête nous partirons. Embrasse ton frère comme si tu n'allais plus le revoir. Parce que c'est ce qui risque d'arriver. Tu as voulu me suivre, alors fais ce que je te dis. Embrasse-le comme si tu lui disais adieu.

C'est pour lui, tout ça. Maintenant je pense que vous comprenez.

Embrasse-le, c'est tout.

Il s'allongea et réussit à s'assoupir, le temps de lui laisser faire ses préparatifs. Et de temps en temps il jetait un œil vers la mer et les îles, qui émergeaient dans la lumière glacée de l'automne. Il voyait ce calme plat, tout cet horizon découpé de berges sablonneuses et de terres encore vierges, où apparaissait parfois un petit carré plus clair qui était un champ lointain, au milieu des forêts de chênes-lièges et des étendues de cistes ébouriffés à la sève poisseuse. Et il se disait que ce pays était trop beau pour qu'on n'en éprouve pas une sorte de nausée. Tous ces minéraux, et ce sel marin qui irritait les yeux, et cette verdure à profusion qui jaillissait des roches, ça lui filait le vertige, et il en vint à regretter les espaces fermés de certaines villes de Terre Ferme qu'il avait connus jadis. Il rêva d'un pays plat, écrasé de brumes, et de quartiers citadins où les maisons à étages surplombaient des échoppes bigarrées. Il entendit les cris des vendeurs, et les odeurs de mixtures variées, et de cuissons appétissantes, et il pensa aux filles qui l'abordaient et lui offraient ces instants de vie, il pensa à ces chairs dans lesquelles il avait croqué, et se dit que parfois – en de si rares occasions – la vie avait été belle. Mais la douleur le réveilla, au fond de ses os, et il se vit là où il était, et il était vieux, étendu sous le grand olivier, à moitié comateux.

La jeune fille lui apparut dans un songe vaporeux, comme naissant dans un halo lumineux, et elle était accoutrée comme un soldat, prête à enfourcher sa monture et à partir en guerre. Une capitaine aux cheveux à moitié lâchés qui dansaient dans la brise, et un bref instant il crut qu'il allait mordre dans ses chairs à elle, il la trouva enfin désirable, à la voir dans cette beauté qu'elle avait si bien su dissimuler jusqu'à présent, cette beauté enfin libérée, épanouie, prête à s'offrir aux caprices de la destinée, mais qui ne durerait pas au-delà de ce qu'ils allaient vivre.

Allons-y, dit-elle, partons. Allons rendre hommage à ces charognes.

10

Quelques jours après l'expédition de Livourne et l'affaire du Russe, ils se réveillèrent chez la logeuse dans un silence inquiétant. Il ne semblait réellement plus y avoir personne dans l'établissement. La vieille bique elle-même avait pris la tangente et, pendant que ses hommes se demandaient qui préparerait leur déjeuner – car, à passer pour des marchands, ils s'étaient vite habitués aux civilités liées à leur nouveau statut –, Poli cherchait quant à lui à s'expliquer les raisons d'un tel abandon. La mégère avait bien encaissé l'argent pour les nuits qu'ils avaient encore prévu de passer au calme, mais là elle n'était pas à son poste, et les autres clients aussi semblaient s'être évanouis. Ils fouillèrent toutes les chambres, mais nul n'y dormait plus, sauf un vieux sac à vin qui ronflait et ne sut rien expliquer lorsqu'on le secoua pour l'interroger. On aurait dit que la maisonnée entière faisait défaut, que tout le monde était parti pour les Amériques sans crier gare, ou bien que le diable lui-même avait ouvert le plancher puis l'avait refermé après avoir englouti tous ces gens, hormis le sac à vin que même l'enfer n'aurait pas souhaité accueillir, et pour Poli, dont l'instinct de conservation était rarement pris en défaut, cette tranquillité soudaine était des plus louches.

Dans la rue qui les menait à l'étable retrouver leurs compagnons, le sentiment d'étrangeté de ce jour trop calme ne fit que se renforcer. Les coqs avaient bien chanté au petit matin, mais les paysans n'avaient pas l'air d'être partis aux champs que l'on devinait dans le lointain, et les bêtes n'étaient pas sorties des étables. Les volets des maisons étaient clos, et il régnait partout dans le village un véritable silence d'enterrement. Puis un volet s'entrouvrit à un balcon haut perché, juste après leur passage, et l'on devina une ombre qui les guettait. Il n'y avait guère d'autres bruits, dans toutes ces ruelles, que celui des sabots de leurs montures. Poli ordonna donc avec tout le sérieux possible que l'on avançât dans Montenero en gardant l'arme au poing.

Ils rejoignirent enfin la grange où se trouvaient leurs compagnons, et ce furent des hommes barricadés qui les accueillirent. Eux aussi, en voyant que les gens du coin ne se réveillaient pas pour vaquer à leurs corvées quotidiennes, avaient compris que quelque chose allait de travers. Il fut aussitôt convenu de partir : des exactions de Colle Salvetti, ou de la fusillade avec les marins à Livourne, la nouvelle avait dû parvenir jusqu'ici, et l'ambiance était désormais plus au guet-apens qu'à la villégiature pastorale. Ne manquaient plus que les soldats du Grand-Duc et le tableau de leur Bérézina aurait été complet.

En file indienne, ils quittèrent la grange et traversèrent les rues de la bourgade aux portes closes, ne cherchant plus à passer ni pour des colporteurs ni pour des pèlerins, ce que personne n'avait jamais dû croire de toute façon. L'étape de Montenero ne pouvait avoir été qu'une sottise depuis le début. La conclusion inévitable en était cette hostilité finale, cet adieu mystérieux aux ombres silencieuses qui les surveillaient à coup sûr du haut de leurs balcons. C'est alors que des volets s'ouvrirent, et des portes, deux, trois, dix, et qu'un déluge de feu s'abattit sur eux. Des fusils crachaient de tous côtés et, si la peur n'avait aveuglé les tireurs, peut-être *L'Infernu* et ses camarades auraient-ils tous péri avant d'avoir atteint la sortie du village. Une seule balle toucha son but, et le jeune Multedo, touché à la poitrine, ne tomba de son cheval qu'après une course où il n'avait plus été, dans ses derniers instants, qu'un bouffon désarticulé en attente de sa chute. Des mules furent tuées, ainsi qu'un autre cheval, et le déluge de plomb ne cessa qu'avec le contre-feu des fuyards. Sans mettre pied à terre, Antomarchi tira la première balle, suivi par l'ensemble des hommes, et l'on ferrailla ainsi de longues minutes, vidant les fusils et les rechargeant, contre les façades des maisons où le crépi éclatait, de même que les vitres et les bois des fenêtres, au même titre que les chairs et les os des tireurs ennemis, car, à la différence de leurs assaillants, Poli et ses compagnons connaissaient la guerre et visaient juste, même au cœur de la plus sauvage des fusillades. Des cris commençaient à se faire entendre dans les maisons fortifiées, des blessés qui hurlaient, et des femmes démentes qui assistaient leurs maris estropiés. La troupe se lança enfin au grand galop vers les portes du bourg. Trois jeunes en haillons, plus sûrement des paysans que des soldats, tentèrent inutilement d'interposer un tir de barrage à cette sortie. Ils récoltèrent une volée de plomb, et l'un d'eux resta sur le carreau pendant que les deux autres ne devaient leur salut qu'à un saut vertigineux dans une sorte de douve en contrebas du pont où s'engageaient les cavaliers en fuite. Peut-être s'y rompirent-ils le cou.

Un homme avait déjà été tué dans l'affaire de Montenero, et ils fuyaient maintenant dans les bois toscans en espérant que tout le mal de la journée était là. Tout en chevauchant, ils se parlaient, et s'encourageaient, et faisaient passer des gourdes et des munitions d'un cavalier à l'autre. Poli assurait l'arrière, le jeune Colomba à ses côtés, il semblait hors de lui. Des péquenauds, disait-il à son jeune compagnon, des péquenauds de la plus basse extraction, et c'est eux qui nous mettent en déroute. Le tourmentaient surtout les raisons de l'attaque, qu'il ne comprenait pas. Que de simples villageois eussent pu lui fermer leur porte était concevable, mais tenter d'exterminer une troupe aussi armée et dangereuse que la sienne était tout simplement incompréhensible. Il s'est passé quelque chose, confia-t-il à Colomba. Ils ne se sont pas dressés comme ça, pour rien. Et Poli, ruminant de sombres pensées, galopa jusqu'à Antomarchi pour lui livrer ses doutes et ordonner une enquête dans ses propres rangs, faisant passer le mot auprès des hommes les plus fiables, Capitaine Martini, *Saetta*. Il ne tarda pas à avoir la réponse.

Les Toscans, lui dit Capitaine Martini à voix basse. Ils sont sortis hier soir, de la grange. Ils sont rentrés à moitié ivres, et ils se disputaient plus ou moins. C'est Giammarchi qui les a entendus. Tout le monde dormait mais pas lui. Ils avaient quelque chose à se reprocher, à propos de filles avec lesquelles ils se seraient mal comportés. Deux des Toscans auraient serré des filles du village d'un peu trop près, et l'autre n'était pas content.

Ils n'avaient pas fait quatre lieues, et pas encore éclairci toute cette affaire, lorsqu'ils observèrent un fort parti de soldats qui dévalait une colline sur leur flanc. Ils pressèrent leurs montures, sachant que la traque venait de commencer. Le terrain était trop à découvert, impossible de tenter ici une embuscade, d'essayer de freiner une compagnie bien trop nombreuse. Ils éperonnèrent les bêtes et se lancèrent dans un galop désespéré. Derrière, eux, les chasseurs à cheval ne cédaient pas un pouce de terrain. *L'Infernu* se rappelait bien la scène : on voyait la masse verte de leurs uniformes, disait-il à la fille, et les casques de hussards aux cimiers rouges, c'étaient des cavaliers aguerris, mais de piètres stratèges. Ils tiraient de temps en temps une salve, de leurs fusils trop courts, et ne reprenaient leur poursuite qu'après avoir compris qu'ils n'étaient pas à bonne distance. Des pitres en uniforme, mais nombreux et organisés, armés jusqu'aux dents, les sabres surtout, dans un combat au corps à corps ils auraient pu être redoutables. Elle l'écoutait, dans la nuit étoilée, et enregistrait chacun de ses mots. Elle buvait littéralement toutes ces histoires qu'il lui racontait jusqu'à en oublier ce qui l'avait menée à faire appel à lui. Cet homme-là, avait-il été un héros pour de bon ? Ces temps dont il parlait, ces fusillades, ces épopées à cheval, ils avaient vraiment existé ? Ou bien n'était-il qu'un vieux fou, et un affabulateur qui abusait de sa jeunesse et de son ignorance pour se donner en spectacle ? Mais *L'Infernu* ne semblait pas de cette veine-là, de la veine des beaux parleurs qui ont toujours besoin d'un public, et il n'en disait jamais plus qu'il ne fallait et ne se livrait pas avant qu'elle ne l'ait questionné. Et eux-mêmes, maintenant, n'étaient-ils pas en train de vivre quelque chose de semblable ? Si l'on n'avait pas fait du mal à Petit Charles, aurait-elle jamais imaginé se retrouver là, en compagnie d'un homme que l'on paye pour en tuer d'autres, à lui préparer ses repas au fin fond d'une forêt sauvage ? Poli, lui, avait, sans conteste, été l'homme que le vieillard décrivait, ce n'était pas la première fois qu'elle en entendait parler de cette manière. Et donc, dans son esprit, *L'Infernu* ne mentait pas. Cet homme était sûrement le dernier à avoir vraiment vécu ces évènements dont il parlait. Il savait tant de choses. Comment un homme qui sait tant de choses peut-il vivre ainsi, comme une bête, pensait-elle, comment a-t-il pu se satisfaire de n'être plus qu'un prédateur, et un prédateur édenté, en plus, et qui aurait plutôt dû être en train de s'occuper de ses petits-enfants, et de leur raconter sa vie tout en profitant d'un repos bien mérité. Elle comprit qu'elle s'égarait, que son jugement n'était pas le bon : l'homme qu'elle avait en face d'elle, et qui se réchauffait auprès du feu, n'était à peine radouci que parce qu'il était au bout de son parcours, et qu'il espérait toucher un dernier pactole. Il n'avait rien d'un gentil grand-père, et rien à faire d'un foyer où il aurait joué les conteurs. Peut-être, du temps de sa jeunesse, du temps où il traînait le sabre et ran-çonnait les pauvres gens, peut-être aurait-il violem-ment abusé d'elle, peut-être même l'aurait-il tuée pour qu'on n'en sût rien ?

Les trois Toscans avaient violé deux filles de Montenero, reprit *L'Infernu*. En rentrant d'une taverne ils avaient croisé ces malheureuses, et ils n'y étaient pas allés de main morte. Ils les avaient forcées dans l'obscurité, sous l'auvent d'une fontaine où elles étaient allées chercher de l'eau. La vérité c'est que le troisième ne faisait que regarder, et qu'il n'osait pas intervenir pour empêcher ses compagnons de commettre leur sinistre méfait. Mais quoi qu'il en soit, c'est à la suite de cet épisode que les villageois s'étaient ligués contre nous. Et nous avions eu juste le temps de déguerpir avant que les soldats ne nous cueillent au pied du lit.

La suite avait été une chasse à l'homme impitoyable. Elle avait duré des jours et des nuits entières. Un des mercenaires toscans avait vu son cheval s'effondrer sous lui, et l'on n'avait pu le secourir. Nul doute que les soldats s'étaient emparés de lui. Les hommes avaient ensuite chevauché sans répit jusqu'aux abords d'un autre village que l'on appelait Castiglioncello, non loin de la mer. Des chevaux étaient morts d'épuisement, et il devait en aller de même chez les soldats du Grand-Duc, qui semblaient désormais moins nombreux à les pourchasser. Ils arrivèrent enfin à une rivière, sachant qu'ils étaient talonnés par leurs ennemis comme jamais encore ils ne l'avaient été. Après avoir trouvé une passerelle, les chefs décidèrent qu'ils ne pourraient aller plus loin. Ils allaient devoir jouer leur va-tout en cet endroit, attendre les soldats au saut du ruisseau et les y anéantir si c'était possible. Ils se barricadèrent à cet effet sur une berge, et attendirent que les soldats se présentent au niveau du pont.

Ils n'eurent droit, au bout du compte, qu'à une avant-garde de chasseurs à cheval, lesquels restaient néanmoins plus nombreux que les fuyards. À peu près une trentaine d'hommes, mais sans doute les plus déterminés à ne pas lâcher prise. Sans méfiance, l'ennemi s'engagea sur le misérable pont de bois en entonnoir qui franchissait le cours d'eau. Et la première salve éclata des bosquets, terrassant les hommes de tête, effondrant des chevaux et rendant le repli délicat pour ceux qui cherchaient à échapper au feu. Certains mirent pied à terre, ripostant de derrière les montures abattues, d'autres chevauchèrent pour contourner l'édifice, et franchir la rivière à gué. Ainsi à découvert, et engagés avec leurs chevaux dans la rivière, ils devenaient des cibles faciles pour les tireurs embusqués qui leur envoyèrent sans attendre une deuxième, puis une troisième salve plus désordonnée. Les soldats ne tardèrent pas à comprendre que tout franchissement devenait impossible, et ils se replièrent sur la berge d'où ils étaient venus, se protégeant à leur tour derrière des arbres ou des rochers. Ils finirent par répliquer aux tirs des fuyards, et un long combat de position s'engagea, dont la plupart des coups de feu, envoyés à l'aveugle sur un ennemi invisible, restaient pour le moins inoffensifs. La violence des premiers tirs avait fini par se muer en une sorte d'escarmouche assez grotesque, et il semblait évident que personne ne prendrait plus l'ascendant au cours de cet affrontement. À moins que des renforts n'arrivent du côté des soldats, ce qui était probable et pouvait expliquer dans l'immédiat le peu d'empressement qu'ils mettaient à se lancer dans un nouvel assaut. On tergiversa longtemps, parmi les hommes de Poli, quant à la conduite à tenir. Nul doute que cette perspective de renforts éventuels expliquait la patience de leurs adversaires, mais pouvait-il y avoir d'autre choix que d'attendre jusqu'à la nuit pour tenter de décrocher définitive-ment ? Les avis étaient partagés. Une troupe plus nombreuse les submergerait à coup sûr, et la nuit serait longue à venir. Quant à une fuite précipitée, elle ne ferait que les ramener à la situation de départ, et l'embuscade n'aurait servi à rien.

On décida alors que l'on diviserait la bande. Quelques hommes et les Toscans resteraient là, et serviraient de leurre, changeant de position entre différents tirs pour laisser imaginer que le nombre des fuyards demeurait important. Les autres, avec Poli et Antomarchi à leur tête, descendraient à pied la rivière, la franchiraient à la nage et prendraient les soldats à revers. Une fois sur place, ils n'auraient qu'une balle à tirer, et pas le temps de recharger. Il faudrait finir le travail au corps à corps, se jeter dans la mêlée et ne pas laisser repartir un seul ennemi vivant. On discuta longtemps, rien n'était plus improbable que cette attaque à revers, puis l'on se rendit à l'évidence. La fuite n'était plus possible, et l'attente les condamnait à mort. Une fois convaincus, les hommes désignés bourrèrent une dernière fois leurs fusils, et laissèrent toutes leurs autres affaires sur place hormis les couteaux ou tout autre objet suscep-tible de fendre ou de trancher. Rares étaient ceux qui avaient une baïonnette à disposition. Colomba sor-tit quant à lui de son havresac une hache dont il se contenta de vérifier que le fil était suffisamment cou-pant pour ce qu'il avait à faire. Poli lui serra l'épaule, et il lui chuchota juste : *vaincre ou mourir*, comme il l'avait dit tant de fois par le passé. Les mots qui suf-fisaient à les galvaniser quand le moment était venu.

Ils se mirent donc en route, et marchèrent jusqu'à ce qu'ils fussent certains d'être hors de vue. Ils s'engagèrent alors dans la rivière en tenant les mousquets au sec, levant les bras du mieux qu'ils pouvaient afin de ne pas gâcher les instruments précieux de leur survie. Puis ils remontèrent en silence le long de la berge, se courbant au début, puis rampant carrément sous les buissons. Ils se faufilèrent comme des ombres, jusqu'à atteindre par l'arrière les positions des soldats du Grand-Duc. Cachés comme ils l'étaient, ils voyaient leurs ennemis affalés derrière des troncs, qui devisaient et répondaient nonchalamment aux tirs nourris, mais inefficaces, qui leur étaient adressés depuis la berge opposée. S'ils avaient compris qu'il n'y restait plus qu'un groupe misérable d'hommes, peut-être auraient-ils bravé la mort dans un dernier assaut, peut-être se seraient-ils montrés plus enclins à conquérir du galon sans trop de risques. Au lieu de quoi ils restaient là, à fumer en tirant sur des pipes extravagantes, à plaisanter entre eux de bon cœur, sans crainte et sans témérité, comme s'ils avaient attendu pour de bon qu'une force vienne les suppléer afin d'écraser les loqueteux qui avaient osé leur résister de l'autre côté de la rivière. Ils restaient là, sûrs de leur supériorité, et insouciants, arrogants comme on peut l'être lorsque l'on porte un uniforme d'opérette, et ils ignoraient que des yeux cruels et déterminés à les anéantir les guettaient à seulement quelques mètres. L'ordre de la tuerie générale ne vint jamais : Poli se mit simplement debout, les hommes le suivirent et déjà ils étaient au milieu de la troupe ennemie. Des coups de feu retentirent. Des hommes essayèrent de se relever et n'y parvinrent jamais, le crâne fendu en deux, ou la gorge découpée d'une oreille à l'autre, puis le massacre continua, mêlant les cris sauvages des assaillants aux gémissements de terreur d'une troupe incrédule et dépassée. Des pitres, avait-on dit, et c'était vrai pour la plupart d'entre eux, mais des pitres qui mouraient maintenant, l'un après l'autre, sans comprendre que leur vie finissait dans un élan de folie pure, sans avoir jamais pensé que le diable fût capable d'un tel retournement, d'un anéantissement à ce point brutal et à ce point rapide. Poitrines transpercées à coups de poignard, visages défoncés à la masse par des guerriers fous des forêts, couverts de sang et réclamant leur dû. Les cris épouvantables avant que tout ne s'arrête. Et voici que deux grivetons désespérés se jettent dans les bras l'un de l'autre tandis qu'un jeune homme, muni d'une hache, se déchaînant comme l'enfer, leur fait éclater le crâne et les met en bouillie jusqu'à ce qu'il ne reste rien d'eux, gagnant ainsi à jamais son nom de guerre.

Il y eut des résistances, il ne serait pas vrai de dire que tout se passa sans encombre. Un certain Faggiani tomba sous les balles de soldats qui s'étaient ressaisis, et *Saetta* essuya de son côté une vilaine blessure au bras, mais les derniers récalcitrants n'eurent pas le temps de faire plus de mal. Ils étaient morts eux aussi dans les instants, les secondes qui suivaient ce sursaut inutile. Morts parmi les corps entassés. Brisés et saccagés, cependant que le groupe sorti de son trou de l'autre côté de la berge, abattait les rescapés dans la rivière. Un massacre sans nom, des hommes qui s'étaient battus comme des chiens, et des héros, peut-être, allez savoir, le sol et la rivière gorgée du sang des hommes. Les coups de crosse dans les mâchoires brisées. Poli avec son poignard au manche en corne de bouc, tranchant la gorge d'un officier qui s'accroche stupidement à des branchages, comme dans l'espoir de s'y réfugier. Une lutte sans rémission ni pardon. Un carnage furieux, une aveugle boucherie. La *bataille* de Castiglioncello, ainsi que *L'Infernu* l'appellerait, bien des années après, tremblant encore en l'évoquant, mais de quelle sorte de frisson?

Et lorsqu'il n'y eut plus rien, plus une détonation et plus un cri, et que la troupe entière des chasseurs fut anéantie, ils remontèrent sur leurs chevaux, et ils partirent en direction du sud, horde hallucinée couverte de sang et de traces de poudre. Les yeux exorbités par la fatigue, encore envoûtés par l'horreur, vécue et commise. Ils chevauchèrent dans les jours gris et dans la nuit, tout le temps nécessaire. Harassés, incapables de penser, sans réussir à distinguer la victoire de la déroute. Sans rien pour ranimer tant la foi que l'espoir. Ils chevauchèrent comme des fantômes et c'était bien ce qu'ils étaient devenus, des fantômes, errant et chevauchant dans les brumes. Et à la fin, à la fin de leur ultime chevauchée, ils entrèrent dans les marécages.

11

Par moments, il avait du mal à se convaincre qu'il avait accepté le marché sans conditions qu'elle lui avait imposé, dans la cabane de l'estuaire. S'occuper du Rat en préambule de l'affaire la plus hasardeuse de sa vie, tels étaient, de toute évidence, les premiers signes du gâtisme. Et surtout il s'en voulait d'avoir embarqué la fille avec lui, sans avoir réussi à lui imposer d'agir seul. Il se disait qu'il n'était plus *L'Infernu*, et qu'il ne faudrait pas, jamais, que quelqu'un sût que cette morveuse lui avait dicté sa loi. Puis il se raisonnait, et il lui apparaissait plus clairement que sans une assistance, et dans l'état où il se trouvait, affronter seul les Santa Lucia aurait été de la folie. Il avait envisagé un temps de s'adjoindre un associé, mais les temps étaient ce qu'ils étaient, et on pouvait difficilement faire confiance à cette nouvelle génération de mauvais garçons pétris de frivolité et qui n'avaient aucun sens de l'honneur. Certains faisaient les beaux dans les grandes villes, loin des campagnes où était en général leur commerce, et on les voyait même s'encanailler avec des étrangers de passage, servir de faire-valoir aux rupins en quête des bizarreries du pays. Tout ça pour quelques misérables deniers qu'on leur laissait complaisamment comme à des monstres de foire après un tour grotesque. Une génération de crétins décérébrés, et qui cassaient les prix en offrant leurs services pour des vétilles. La plupart des autres truands auxquels il aurait pu s'adresser le dégoûtaient carrément. Il les avait d'ailleurs plutôt eus en face de lui du temps où ils servaient dans les rangs des voltigeurs, les pires ennemis qu'il eût jamais connus. C'était parfois des guerriers véritables, mais ils avaient la trahison dans le sang et avaient bien souvent sombré dans la folie depuis qu'ils étaient en rupture de ban. Pas question de marcher aux côtés de tels scélérats. Il se serait fait égorger dans son sommeil, et l'enfant de salaud auquel il aurait donné le marché aurait raflé tout son butin. Et puis, à la vérité, il n'avait aucune envie de partager. Y aller seul, c'était risqué, il avait même toutes les chances d'y laisser sa peau, mais de toute façon c'était son dernier contrat, alors autant tenter le tout pour le tout. Ce qu'il allait empocher représentait effectivement une sacrée somme. Jamais plus il n'aurait autant d'argent. Mais une somme qu'il avait fallu négocier ferme avec la fille. D'accord pour trois mille cinq, elle avait dit, je cède à vos exigences, mais je viens avec vous et j'assiste à leur mort. Après vous aurez la totalité de ce que vous demandez. Et lui l'avait envoyée paître. Il était remonté sur son cheval et il était parti, la laissant là, qui campait sur ses positions. Puis il avait réfléchi, et il était finalement revenu. Vous ferez la cuisine, avait-il dit, et vous vous mêlerez de rien au moment où ça va barder. Elle avait promis que oui, qu'il aurait une paix royale. Et une vie de prince jusqu'à ce que tout soit réglé. Il avait acquiescé, comme un abruti, et maintenant il s'en voulait, parce qu'elle allait le suivre partout et qu'il ne pourrait plus s'en débarrasser. Au moins n'avait-elle plus marchandé, de sorte qu'il aurait la totalité de ce qu'il demandait. Cette foutue hystérique n'aurait donc pas spéculé et enflé tous ses cousins pour du vent.

Il était maintenant à l'écart de leur campement, et le soir tombait. Il entendait les chevaux qui s'ébrouaient sagement sous les chênes, et il voyait de loin le feu qu'elle avait allumé. Il sortit sa queue pour pisser. Ça coulait rouge comme de la vinasse. Un fleuve de sang qui lui sortait de la vessie. Pas de douleur particulière, mais du sang et des frissons sur son échine. Il fut bientôt en nage tant l'inquiétude le ravageait. C'est mauvais, pensa-t-il. C'est mauvais et c'est du sérieux. Cette fois c'est vraiment sérieux. Depuis quelque temps, il n'osait même plus aller pisser, histoire d'éviter ce spectacle et de réussir à penser à autre chose au cours de sa journée. Mais il fallait bien y retourner, et alors les angoisses se réveillaient d'un seul coup. Rien qu'à la vue du sang, il comprenait que les douleurs dans son corps n'annonçaient réellement rien de bon. En général c'était les reins, le dos, mais depuis peu il avait constamment mal à l'épaule gauche. Et il ne se souvenait pas d'avoir fait de faux mouvement, ou alors ivre, peut-être, une fois… Mais non, la douleur venait de plus loin. Pas une histoire de muscle. Plutôt du côté des os. Il chercha à évacuer cette pensée et se rapprocha du campement.

Vous avez une sale tête, dit la femme.
Je sais, répondit-il, pas une grosse santé en ce moment.

En fait…

Oui, tu vas dire que je bois trop, alors ne le dis pas.

Non, vous avez l'air vraiment fatigué. Mais peut-être parce que vous buvez trop, c'est pas impossible.

Voilà, fillette, c'est là que tu pouvais te taire.

Ayant mesuré leur insignifiance, elle avait pris l'habitude de ne plus s'offusquer de ses tirades les plus bourrues, aussi ne répondit-elle que par un sourire, puis elle l'invita à se reposer près du feu et lui tendit une gamelle militaire dans laquelle elle avait fait mijoter une soupe avec du lard. Lorsque *L'Infernu* cessa d'être maussade, et qu'il eut bu quelques gorgées de l'eau-de-vie qui était dans son flacon de poche, ils reparlèrent des hommes, et il réitéra toutes ses mises en garde.

Le plus dangereux des Santa Lucia, c'est celui aux yeux bigarrés. On l'appelle U Verciu, *Le Bigleux, même s'il ne louche pas vraiment, mais ces deux couleurs dans ses yeux, ça lui donne un regard bizarre, d'où le surnom. C'est le cadet des trois frères, mais le plus tordu. Par exemple, je pense qu'à Petit Charles, il lui coupe la langue pour qu'il ne parle pas, il sait très bien qu'il a affaire à un berger qui ne pourra pas le dénoncer en écrivant. Mais lui tailler le visage, ça il est pas obligé, il le fait juste par cruauté pure, parce que c'est quelqu'un qui ne sait exercer son pouvoir qu'en faisant du mal. Lorsque j'étais avec eux, il me racontait comment, petit, il écorchait la tête des chats. Il s'en vantait et ça le faisait bien rigoler. Il les serrait vivants dans un étau, pour pas qu'ils bougent, et après il leur faisait toutes sortes de choses. J'ai souvent remarqué que les salopards exercent leur force et leur méchanceté sur les* bêtes, avant de s'en prendre aux hommes en grandissant. Moi je crois que la crapule à venir est déjà dans l'enfant qui va pas trop bien dans sa tête. Le Bigleux fait partie de cette catégorie de gens, et même de la pire espèce qui soit parmi tous les fils de putes qu'on peut imaginer. Il n'y a pas vraiment de chef dans leur bande, mais lui exerce une sorte de capitanat naturel que les autres ne lui contestent pas. De toute façon ils sont beaucoup trop stupides pour remettre en cause ses actions les plus abominables. Et je suppose qu'ils y trouvent eux aussi leur compte. C'est des faibles, et le mal est une puissance pour les faibles. Celui qui dirige parmi les faibles, ce sera toujours celui qui est capable des pires saloperies. C'est comme ça, et c'est comme ça chez eux.

Donc l'aîné c'est le gros, le frisé avec sa barbe dégueulasse. Je me demande si nous avons un jour échangé deux mots, lui et moi, je me demande même s'il n'est pas un peu muet, mais je sais que c'est une brute. Et une vraie force de la nature, dont ils se servent pour rouer de coups les gens qui s'opposent à eux, qui résistent lorsqu'ils les rançonnent. L'aîné, il t'enfonce un visage d'un seul coup de poing, je l'ai vu faire, il frappe sans broncher et sans états d'âme, d'ailleurs je pense pas qu'il en ait, d'âme, et je l'ai aussi vu assommer les veaux à mains nues, juste pour épater la galerie. Ne t'attends pas à ce que ces gars-là aient d'autres types d'occupation. Enfin le rasé, la demi-giclure, c'est le plus jeune des trois. Je pense que les parents ont dû le finir à la pisse, parce qu'il lui manque vraiment une case. Mais, comme je te disais, je les ai pas trop fréquentés, eux, c'est plus avec Le Bigleux qu'on a fait route à un moment donné. Et des fois on retrouvait la bande au complet. À l'époque ils étaient plus nombreux, mais les gendarmes ont eu la peau d'un certain Casale, qui faisait aussi des mauvais coups avec une autre bande. Je sais qu'ils l'ont criblé de balles et qu'ils ont souillé son cadavre, en lui coupant les oreilles et le reste. Oui, je sais, d'autres le font aussi, mais par nécessité. Et de toute façon on m'enlèvera pas de l'idée que les gendarmes d'aujourd'hui ne valent pas plus que les Bleus d'autrefois, mais pour le coup je peux pas dire que Casale le méritait pas. Ils avaient aussi une autre ordure avec eux, qu'ils appelaient U Feminu, parce qu'il avait des manières de pédéraste, même si je suis pas sûr qu'il ait été vraiment de la jaquette, mais enfin, il avait dû être élevé par les femmes, il parlait comme elles, avec sa voix fluette et précieuse. Pas très franc du collier, le regard torve des invertis, et je pense qu'il ne faut pas chercher très loin ses assassins. J'ai jamais trop su, ni qui exactement, ni pourquoi, mais je pense bien que c'est les Santa Lucia eux-mêmes qui lui ont réglé son compte. Il a été retrouvé dans un vallon, éventré, et on avait déroulé ses intestins le plus long qu'on pouvait, ça fait quand même quelques mètres. J'espère pour lui qu'il était crevé avant, mais je ne miserais pas ma chemise là-dessus.

Enfin le dernier de la bande, celui qui est grand et sec, et noir comme un Barbaresque, c'est celui qu'on appelle U Longu, Le Long, il a rien à voir avec leur famille. Mais ils se sont plus ou moins fréquentés depuis toujours, enfin, je connais pas trop leurs affinités, mais ce que je sais c'est qu'il les suivait comme un clébard qui te renifle le cul et qui veut plus te lâcher. C'est un tueur, un vrai, et un vacher hors pair. Mais il est plus avec eux. C'est Faustin qui m'a balancé ça. Enfin, à l'époque où ils étaient ensemble, il leur servait donc pas seulement de gâchette, mais c'est lui qui s'occupait en général du bétail une fois qu'ils l'avaient volé. Leur spécialité, ça a quand même toujours été les bêtes à cornes, parfois aussi les porcs, mais à mon avis l'histoire de ton frère et de ses brebis, c'était juste un accident, une péripétie. Je suppose qu'ils étaient dans la région pour un plus gros coup, mais que ça a dû merder, parce que je les vois pas errer comme ça dans les collines une fois le forfait accompli. S'ils avaient eu du bétail, ils auraient fui le plus vite possible, ils auraient attaché les bêtes par les cornes, et profité de la nuit pour gagner leur repaire dans les montagnes, sans s'arrêter. Là, on devait les attendre, ils ont peut-être essuyé le feu de vachers pas commodes, et ils se sont débandés dans la nature, comme ils pouvaient. Une fois qu'ils ont eu regroupé leurs forces, ils se sont terrés comme des merdes, en territoire hostile, et ils ont forcé un passage dans les crêtes pour éviter la plaine. Ton frère n'a eu qu'un seul tort, être sur leur passage à ce moment précis. Les brebis, ils en auraient pas tiré grand-chose, c'était juste pour bouffer, assurer la survie quand ils étaient aux abois. Ils s'intéressent pas à ce type de bestiaux, la plupart du temps, sauf en maraude, et là ça devait bien être le cas. Mais de toute façon ça ne peut être qu'eux. La description que tu as faite, le nombre, les yeux du Bigleux, et puis, surtout, sa saloperie de signature. Le visage écorché de ton frère. Je t'ai dit ce qu'il faisait aux chats quand il était marmot.

Ces types, ces pourritures qu'on va affronter, c'est pas du menu fretin, vois-tu. C'est la pire engeance qu'on puisse imaginer. C'est le diable à quatre paires de pattes, avec le regard de la folie pour chacun d'eux, et la cervelle la plus viciée qui soit pour diriger leur troupe de dégénérés. C'est des vrais voleurs, et les assassins les plus éprouvés que le pays ait connus depuis longtemps. On fait pas le poids, petite, faut que tu te mettes ça dans ta caboche. Comme il faut que tu saches que de toute

façon ils seront fortement armés, et prêts à faire feu,
n'en doute pas une seule seconde. Je dis pas ça pour
justifier le prix, parce que le prix au fond je le trouve
raisonnable, je dis ça pour que tu saches exactement
ce qui nous attend, et que tu saches qu'on a presque
toutes les chances d'y laisser des plumes. Et même de se
faire aplatir comme des crêpes par ces enflures. Mais je
dis bien seulement presque toutes, parce qu'on a quand
même un avantage sur eux, et cet avantage c'est qu'ils
ne m'attendent pas, et aussi le fait qu'aujourd'hui ils
sont divisés, et pas très courageux. Faut pas les imagi-
ner plus forts qu'ils sont. Je les connais bien. Quand ça
va défourailler, et qu'ils seront pris par surprise, leur
premier réflexe ce sera de nous montrer leurs culs en
train de décamper, au moins les trois frères, parce que
Le Long est d'une autre veine. Ce qui m'ennuie, c'est
pas vraiment la fusillade, qu'on prenne des balles nous
aussi, c'est plutôt qu'il va falloir régler ça en plusieurs
fois, et que les survivants apprennent quelque chose et
qu'ils soient sur le qui-vive, ou même qu'ils s'enfuient
et qu'ils disparaissent dans les forêts, on aura du mal à
les loger à nouveau. Et ton contrat, petite, je crois bien
qu'alors il sera à l'eau.

Elle lui répondit que si le contrat était à l'eau, ça
ne ferait rien. Qu'il suffirait qu'il en tue un, même
un, pour venger la face mutilée de son malheureux frère. Que les quatre ce serait le paradis, mais
que même un seul ça valait le coup de les affronter.
Même Le Long seulement. Mais que si celui qui
récoltait pour les autres c'était Le Bigleux avec ses
yeux de démon, c'était quand même mieux. Il la
regarda presque avec compassion, pour la première
fois depuis qu'il la connaissait, et il ne douta pas

un instant qu'elle était sincère, et dorénavant tout à fait consciente de ce qui se jouait, de ce qu'elle avait impulsé. Mais il retourna très vite sa compassion vers lui-même, et ne cacha ni son inquiétude ni ses certitudes.

Petite, si j'en tue un, il faut que je tue les trois autres. Parce qu'ils ne me pardonneront pas, et qu'ils me retrouveront. Sois sûre de ce que je te dis. Ils me retrouveront et ils me tueront. C'est leur métier, un métier que je connais bien. Celui pour lequel tu as fait appel à moi. Alors là-bas, dans les Hautes Terres, nous allons les trouver, nous allons les trouver dans la vallée où ils se cachent et nous allons les tuer. D'abord Le Long, puis les trois autres, nous allons les tuer. Jusqu'au dernier.

12

Plaignons les affligés, disait Antomarchi, *car c'est une loi de l'Humanité...* Puis il posait la main sur son livre, et demeurait pensif, pendant que ses compagnons, serrant leurs gobelets de bois remplis de vin, faisaient cercle autour de la table de cette auberge-lupanar qu'ils avaient investie. Ils attendaient qu'il en dise plus, s'étant si souvent fiés à ses vaticinations comme aux prédictions d'un messie débauché. Au moins ses mots donnaient-ils un sens à leur vie, et, pour tous les hommes, il était un peu plus qu'un chef, il était le chroniqueur vénéré de leur errance, un aède en armes qui intercédait pour eux auprès des puissances supérieures, et, dans leur ignorance crasse et leur dérive permanente depuis la première levée des rebelles, peut-être s'en remettaient-ils à lui tels des Cimbres idolâtres à un prêtre païen. Leur nuit de Walpurgis n'était jamais venue, et tout au plus les avait-il menés hors des maremmes, lui qui tenait le livre, et Poli qui marchait en tête, sabre à la main, comme un *condottiere* fou franchissant l'Achéron. Mais ils croyaient en lui, et en Poli, et ils ne croyaient plus en rien d'autre.

Ils avaient survécu, et la bande s'était divisée en petits groupes, et celui d'Ange Colomba avait fini par atterrir en cet endroit, une maison de passe semi-clandestine à la jonction de divers chemins perdus loin des faubourgs. On y attendait Capitaine Martini et d'autres hommes, et l'on déciderait à leur arrivée de la marche qu'il conviendrait désormais de suivre, la Toscane se révélant de plus en plus étroite à leur manœuvre. Dire qu'ils avaient connu des jours moins las, c'était une évidence, mais il leur restait tout de même l'argent des rapines, et puis la vie, ce qui, tout compte fait, laissait espérer des perspectives à l'étranger, mais vers des horizons nouveaux qu'il leur faudrait définir. La fatigue était générale, et les chefs eux-mêmes ne semblaient plus trop y croire.

Et Antomarchi radotait, plus qu'il ne devisait, mais il donnait le change, jouant encore une fois sa partition, ce qui, en ces heures sombres, était, somme toute, relativement méritoire.

Les Bleus ont déferlé sur notre monde, continuait-il, comme la peste sur Florence en 1348, et il me plaît d'imaginer que nous sommes en fuite vers un jardin paradisiaque, comme cette brigade de jeunes gens que décrivait Boccace… En divers endroits du livre, il parle de ceux qui ont tout perdu, mais qui à force de persévérance, et en dépit des épreuves, du harcèlement, des persécutions, des coups du sort, ont recouvré le bonheur et la joie de vivre. Pensez à Landolfe, le marchand, maintes fois dupé et poussé à la ruine. Il fut contraint de naviguer tel un pirate, et les Turcs, puis les fourbes Génois le combattirent et le réduisirent à l'état de galérien. Il était prisonnier à fond de cale lorsque le navire qui l'emportait vers un destin encore plus funeste coula. Naufragé, perdu, sans plus d'espoir, dans la mer déchaînée, il s'accrocha à une caisse et survécut. Échoué sur une côte, ayant perdu toute conscience, il fut sauvé par une noble dame, qui le soigna et mit sa caisse à l'abri. Lorsqu'il fut sur pied, il s'avisa que la caisse était remplie de pierres précieuses, et il revint en son pays plus riche qu'il n'avait jamais été…

Quel est ce livre?

C'est le *Décaméron*, Giammarchi, un livre très connu.

Ne sommes-nous pas plutôt telles ces âmes damnées, qui apparaissaient dans les vers que tu déclamais aux maremmes?

Les vers de Dante.

Oui, ceux des gens en colère. Redis-les pour nous, Joseph, redis-les.

Vidi genti fangose in quel pantano… "Je vis des gens boueux dans ce marais…"

Les hommes se taisaient, frissonnant à l'évocation du marécage lugubre qu'ils avaient vaincu, et ils semblaient s'abandonner à des songes terrifiants. Mais avaient-ils vraiment vaincu le marécage, ou bien y avaient-ils laissé ce qui restait de leurs maigres espoirs? Antomarchi déclamait de nouveau les vers de l'Enfer, dans un silence sépulcral que seuls les rires lointains de catins indifférentes venaient troubler, et sa voix tremblait à mesure qu'il percevait la fébrilité de ses compagnons. Une larme coulait sur la joue de Limperani.

Je ne crois pas en ton Boccace, Joseph, reprit Giammarchi, je ne crois pas en ses histoires et au bonheur que l'on retrouverait. Pour moi il n'y a que Dante qui ait pu nous décrire, comme s'il nous avait vus. Je suis plein de colère. J'ai perdu ma patrie, et j'ai perdu toutes les batailles que j'ai livrées. Mes mains, mes mains de laboureur, le sang des hommes les a souillées. Et j'ai crié d'effroi dans les brumes, quand nous étions aux marécages. J'ai vu ma femme avant d'embarquer, et elle m'a renié, j'ai vu mes enfants qu'elle emportait. Elle me disait voilà ce que tu as gagné. Voilà le sacrifice que l'on doit aux doux rêves.

Ignude tutte, con sembiante offeso, continuait doucement Antomarchi, comme pour bercer les plaintes des hommes… "Ils sont nus au visage meurtri"…

Nous avons perdu tant des nôtres, psalmodia Ours-Jean Olivieri, et commis tant de crimes. Je n'étais pas né pour être un assassin, encore moins un voleur. Cette liberté qu'on nous a prise, c'est peu de chose. Qui a jamais connu des peuples libres ? Mais cette errance qui est la nôtre, cette vie de vagabonds, nous qui marchons maintenant sans bannière, et sans autre raison de vivre que de nous soutenir mutuellement, cette vie-là valait-elle qu'on la vive ?

Or vedi l'anime di color cui vinse l'ira… "Tu vois maintenant les âmes de ceux que la colère vainquit…"

Où est notre foyer ? interrogea Limperani. Nous avions juré de nous battre, tant qu'un feu brûlerait dans la montagne, et les feux sont éteints. J'ai combattu à Port-Mahon, j'ai tiré sur mes frères à l'îlot de Capri. On m'a dit traître, et renégat, fait de moi un rebelle, et je porte sur moi l'infamie des contumaces. Pendu sur place si l'on m'attrape, ou raccourci si l'on me livre à un bourreau. Mais jamais je n'avais eu honte. Tant que l'espoir guidait mes pas. Tant que je pensais savoir pourquoi je me battais. Vous êtes mes frères, encore plus aujourd'hui que vous ne l'étiez hier, encore plus dans le malheur que vous ne l'étiez quand tout nous souriait. Mais aujourd'hui j'ai honte, et je n'ai plus d'espoir.

Or ci attristiam ne la belletta negra... "Et nous nous attristons dans la boue noire..."

Théodore Poli était à une table à l'écart, en compagnie du jeune Colomba, et de Magnavacca qui semblait survivre à sa redoutable blessure. Adossé au mur de la taverne, il écoutait les mots de ses hommes qui lui parvenaient, ainsi que les vers que le brouhaha des clients et des putains avinées étouffait à moitié. Il avait lui-même une mine éprouvée, pour ne pas dire épouvantable, et il peinait à garder la contenance que sa charge lui imposait. Il vit que *Saetta*, tout comme le jeune, semblaient refuser de se laisser abattre.

Les hommes n'en peuvent plus, osa-t-il livrer à ses deux subalternes. Nous sommes tous à bout. Antomarchi m'a parlé de la Grèce, vous le suivrez si vous le désirez. Quand Capitaine Martini nous aura rejoints, ainsi que les Gambini qui ont débarqué récemment, nous discuterons, et nous verrons de quelle manière vous procéderez.

Il y avait du renoncement dans les mots du chef, et ses camarades en restèrent saisis, incapables de lui rétorquer un seul mot. *Saetta*, particulièrement, semblait se renfrogner. Et ça faisait peine à voir.

Pourquoi dites-vous que vous ne serez pas des nôtres? demanda le jeune Colomba. Depuis des années nous vous suivons partout, et nous obéissons au doigt et à l'œil. On vous a élu, et vous êtes le chef incontesté de la compagnie. Si nous partions à l'étranger, que ferions-nous sans un capitaine pour nous montrer la route ?

Ange, entends-tu les vers d'Antomarchi ? Ne vois-tu pas que le cœur des hommes est resté enterré dans la fange de la Maremme ? Les temps ont changé, désormais nous n'y pourrons plus rien.

Moi j'aime les vers de Dante, ils me galvanisent encore. Je trouve que c'est le meilleur hymne à notre marche.

Il n'y a plus de marche, Colomba, nous avons été vaincus à peu près partout. En Terre Ferme, les sociétés secrètes sont loin d'être prêtes, nous n'aurons plus aucune aide.

Il y a une marche, depuis le début, et c'est le même pas qui nous guide. Tous les hommes pleurent et disent avoir perdu quelque chose, mais moi je n'ai rien perdu. Je suis venu du néant, et je file encore vers le néant. Je marche pour être avec vous, et je ne pense pas avoir eu une autre cause, jamais.

Alors c'est pour ça que nous t'appelons *L'Infernu*. Tu te bats comme si rien n'en dépendait, que ta vie et celle de tes compagnons, que ce souffle qui te porte à l'instant où tu es, et tu n'es depuis toujours qu'un fils de la cité dolente. Je n'ai pas connu tes malheurs dans l'enfance, Ange, et je sais que tu as d'autres raisons que les raisons de ta patrie, mais je t'aime bien. Je t'aime beaucoup. Je pense même que j'ai combattu plus longtemps que je ne devais rien que parce que des hommes tels que toi étaient à mes côtés. Je veux dire des orphelins de Dieu. De ces jeunes combattants que le destin a jetés par les chemins. Non pas la liberté qu'on nous a prise, mais cette misère que les guerres ont semée, et ces injustices qui ont poussé sur la lie des batailles. Cette guerre, elle a duré tellement de temps qu'on ne sait même plus quand et pourquoi elle a commencé, mais ce qui est sûr c'est qu'elle t'a forgé, toi et les autres, et qu'elle vous a pris au berceau. Mais c'est fini. Pour moi c'est fini. Vous partirez en Grèce, ceux qui le désirent, et moi je rentre chez nous, et ceux qui veulent m'accompagner me suivront, mais qu'on ne me parle plus de capitanat, et qu'on ne me parle plus de drapeau ni de rien, j'ai un destin à affronter. Et je l'affronterai seul.

Et qui va nous guider ? insista Colomba.

Antomarchi, il a le feu sacré, et vous l'aimez déjà, vous l'aimez tous. Antomarchi sera le guide qu'il a toujours été, même si les guerres que vous mènerez désormais ne seront plus tout à fait les vôtres. Je pense que, pour la plupart, vous n'avez pas le choix. Il n'y a aucun pardon qui vous attende au pays. Et maintenant parlons d'autre chose, parce que j'en ai assez de tout ça. Je veux noyer les humeurs grises dans le vin de Toscane, et je veux mordre dans la fesse d'une de ses putains, pour célébrer notre survie. Quant à toi, jeune Colomba, l'homme que l'on appelle *L'Infernu*, je me demande pourquoi tu lorgnes ainsi sur ma gourde, et je me demande bien ce que tu lui trouves, mais puisqu'il nous faut nous quitter bientôt, je te l'offre, elle n'a aucune valeur. Et maintenant elle est à toi.

Et tout en se levant pour aller rejoindre la table où étaient l'aède et ses condisciples, Poli lança la courge sculptée qu'il portait en bandoulière, et qui lui servait de gourde, au jeune homme qui l'attrapa au vol, avec une certaine dextérité. Il la contemplait encore, fasciné, quand une fille un peu grasse, mais au visage de succube lascif, vint l'entreprendre en s'asseyant sur le banc à ses côtés. Il hésita un instant puis, croisant le regard complice de *Saetta*, il décida de se laisser tenter, et l'instant d'après il gravissait des escaliers en compagnie de la traînée, qui lui indiquait la porte du doux nid où elle envisageait de le vider de ses dernières forces.

Arrivé dans la chambre, il n'eut guère le temps de respirer ni d'argumenter quoi que ce soit afin de se mettre mentalement en forme. L'impétueuse gourgandine le fit basculer sur un lit aux draps déjà à moitié défaits, et elle le chevaucha sans même qu'il ait eu le loisir de finir les présentations. Elle souleva ses jupons et offrit à sa vue une chatte appétissante, ainsi que tout l'intérieur de ses cuisses qui étaient d'une douceur invraisemblable. Il y passa les mains sans plus de retenue, se régalant de la texture envoûtante des courbes de la mauvaise fille. Il caressait et caressait sans cesse, et passait sa paume sur les lèvres gonflées, puis il retournait sa main une nouvelle fois pour empoigner la naissance des fesses, et s'en rassasier comme un dément. Il remontait et descendait le long de la raie, s'attardant longuement à pétrir les globes charnus du séant de la dame, puis il tenta un doigt dans son orifice, et en mesura la séduisante élasticité. Là, elle descendit jusqu'à sa bouche, n'y tenant plus, et lui-même était allé trop loin au-delà de toute patience, et il se mit à la dévorer comme un affamé, jusqu'à ce qu'elle hurle et qu'elle lui inonde le visage. Quand elle eut joui, et n'en pouvant plus de louer ses manières et de lui déclarer sa flamme, elle se mit en demeure de le saliver à son tour, et si elle n'avait su y faire, si ça n'avait été son métier, elle l'aurait fait partir bien trop rapidement, maladroitement, et tout serait retombé comme dans un mauvais rêve. Elle le tint heureusement en garde le plus longtemps possible, alternant de sa main et sa bouche les plus voluptueux effleurements, enfournant puis relâchant plus violemment, et saccadant ses assauts avec une maîtrise admirable. Il finit par la supplier, il jurait ne plus en pouvoir, et avec la plus extrême compatissance, elle prit la position la plus lubrique qu'elle put imaginer pour qu'il lui offre le plein témoignage de son amour. Il entra alors en elle et se vida abondamment, hurlant telle une créature des ténèbres, et il s'affala dans les bras qu'elle lui tendait, et se laissa déposer sur la couche un peu sale, et il chercha un instant à comprendre dans quelle dimension il se trouvait, et même dans quelle contrée. Il ne cessa alors de tourbillonner, et le vin qu'elle versait dans sa gorge ne devait pas y être pour rien. Elle continua de l'hypnotiser, glissant des mots tendres à son oreille, portant ses seins absolument divins juste sous son regard, pour qu'il s'en délectât, et elle le massa longuement de tout son corps, introduisant ses jambes entre les siennes, flattant sa virilité autant que les recoins qu'il avait crus inabordables, elle l'envahit de sa langue humide, profondément, et il en perdit définitivement la raison. Il fut emporté dans un délire de tous les sens, et se réveilla pour jouir d'elle, encore une fois, et toute la nuit, et à la fin il s'avoua vaincu, et sombra contre elle, s'abandonnant à l'extase tout autant qu'à l'ivresse.

Au matin on le réveilla, l'invitant à vider la chambre de manière assez brusque. Les lits devaient être faits, comment se faisait-il qu'il abusât ainsi d'un lieu de travail, qui était-il, pour qui se prenait-il, pourquoi avait-il passé la nuit là, bref, il comprit qu'il avait dormi trop longtemps et qu'il était maintenant indésirable. Il se demanda un instant où était passée sa compagne, celle qu'il avait aimée avec tant de fièvre, puis la réalité le tira vers elle, et il se souvint qu'après tout elle n'avait été qu'une garce, et lui qu'un bourricot parmi tant d'autres. Il se rhabilla à la hâte, et dévala les escaliers plus qu'il ne les descendit. Il avait la tête lourde, et ne savait plus très bien où il en était. Il s'aperçut alors qu'il était seul dans le bouge, qu'aucun de ses compagnons ne semblait s'être réveillé et, dans un jargon nauséeux, il s'enquit auprès de ce qui lui sembla être une lavandière, ou une préposée au ménage, ou un homme – il ne voyait plus très bien – de savoir où étaient les autres. La créature floue lui indiqua que tous étaient partis une demi-heure auparavant, ainsi que d'autres cavaliers qui étaient apparus dans la nuit. Il ne comprenait plus rien. Comment avait-on pu l'abandonner ainsi ? Il revoyait Antomarchi qui déclamait les vers de Dante, et Poli et tout ce qu'il lui avait dit, ça sentait bien la débâcle, l'affreux fatalisme des vaincus, mais pourquoi renoncer également à l'élémentaire fraternité, à la bienséance que l'on se devait, après avoir dit tant de paroles fortes, et même après avoir fait don d'un présent aussi précieux que cette gourde gravée qui, d'évidence, scellait à jamais l'estime et le respect que Poli lui portait ?

Alors qu'il enfilait ses chausses malaisément, en repassant toutes ces idées dans la tête, et que la plus grande confusion semblait ne pas vouloir le libérer, il se rendit compte qu'il ne savait plus où il avait mis la gourde de Poli. Se maudissant, il se mit à tourner et virer en tous les sens et à blasphémer à la face des employés du matin qui ne paraissaient guère faire grand cas de ses états d'âme. Puis il se mit à courir comme un dératé dans l'escalier qui menait à la chambre où il avait dormi, y pénétra tel un fou, effrayant la bonne qui l'avait sorti du lit, et là un miracle se produisit : la gourde était tombée sous une chaise, à l'endroit où la veille il avait abandonné – précipitamment – le reste de ses affaires et ses nippes crasseuses. Soulagé, il s'empara de la gourde et la serra contre sa poitrine, puis il descendit aux étables et récupéra son cheval. Il chevaucha un instant vers une cache dans la campagne et y trouva les armes qu'il avait cachées, mais toutes les autres avaient disparu. Ses compagnons étaient repassés en cet endroit et chacun avait récupéré son bien, sans l'attendre, et sans lui laisser de message ou un signe qui lui aurait permis de comprendre pourquoi ils avaient ainsi décampé, le laissant à l'arrière.

Il était furieux, et bien décidé à les rattraper pour demander des explications. Comment avaient-ils pu agir avec si peu d'égards envers lui ? Il se mit à galoper dans les bois, avec une vague idée de la direction que la bande avait pu prendre, et dans sa rage il essayait de se remémorer quel point de repli avait été évoqué en cas de coup dur au bordel. Il n'en était pas très sûr. Tout en chevauchant, il remit d'instinct la main sur la gourde de Poli, comme pour vérifier qu'il l'avait bien retrouvée. Il se l'était mise en bandoulière et elle était bien là, et le sentiment de n'avoir pas failli, malgré la nuit de débauche qu'il avait connue, et la cuite qui l'avait assommé, il fallait bien le dire, lui arracha un sourire niais. C'est alors que, dans une espèce d'éclair de lucidité, il se demanda où était sa bourse. Le devoir de remettre la main sur cette maudite gourde lui avait fait négliger de vérifier si sa bourse était toujours en sa possession. Le réflexe était élémentaire au sortir d'un lupanar. Tous les ruffians savaient ça. Ayant en vain fouillé ses poches, il imposa un arrêt à son cheval et, sans descendre de selle, fourragea dans sa sacoche en cuir. Rien. Il avait perdu cette maudite bourse. Non. Cette pourriture de bordille lui avait soufflé son argent, pendant qu'il dormait, il ne pouvait y avoir d'autre explication. Elle lui avait sorti le grand jeu, ils en étaient même à parler d'amour – encore un peu et il la mariait – et maintenant il était le plus grand crétin de toute l'histoire, et la seule hypothèse crédible était qu'il s'était fait voler au coin du bois et qu'il n'y avait rien d'autre à rajouter. Retourner ? Aller réclamer pitoyablement son dû à une bande de souillons délurées ? Autant dire la perspective alléchante de se voir rire au nez. Forcer seul la porte des proxénètes et leur abîmer le portrait jusqu'à ce qu'on lui restitue son bien ? Il aurait pu le faire, il avait ses armes et ne craignait pas grand-chose dans le domaine de la castagne, surtout depuis que le Russe l'avait amendé. Mais la vraie raison qui l'en empêchait, c'était la nécessité de retrouver ses compagnons. À revenir sur ses pas, il perdrait du temps et peut-être toute chance de les rejoindre alors qu'en se lançant au galop à leur poursuite, peut-être y réussirait-il ? S'agonisant une nouvelle fois d'injures, il éperonna sa monture et décida de tourner le dos au coupe-gorge et aux infâmes putains qui y sévissaient.

Il aperçut la bande au saut d'une colline, et ce furent des hommes qui cuvaient en selle qu'il finit par rallier. Tout en maugréant, il dépassa les hommes un à un, et arriva à la hauteur de Poli. Pour la première fois de sa vie, il était prêt à en découdre avec son chef.

Alors ? dit Poli, qui ne semblait pas très vaillant. T'étais passé où ? J'espère que tu as pas perdu ma gourde...

Il en resta bouche bée, incapable de la moindre révolte. C'était un équipage dont tous les hommes étaient encore à moitié ivres et qui chevauchait sans destination. La troupe avait été grossie par les retardataires, Capitaine Martini, les Gambini, Graziani et Martinetti, et allez savoir pourquoi mêmes ceux-là n'avaient pas l'air plus reluisants.

Ils sont arrivés dans la nuit à la taverne, dit Antomarchi qui chevauchait maintenant sur son flanc. Bigre ! je sais pas où tu avais disparu mais on n'a pas fait semblant. Je crois qu'on a vidé les stocks chez ces barbeaux. Mais on s'est bien amusés. Une soirée digne de rentrer dans les annales. Et quant aux putains, on les a tellement baisées qu'on leur a arraché la moelle épinière.

Vous m'avez laissé là-bas, tout seul ! Et on m'a volé ma bourse ! s'indigna *L'Infernu*.

Ne crie pas, fils, ne crie pas contre tes amis. Il y a une histoire, dans le *Décaméron*, où un homme en veut à son ami de l'avoir cocufié. Il se débrouille pour se venger. C'est vrai, c'est dans le bouquin. Il réussit à enfermer son ami déloyal dans un coffre, et il fornique tout le temps qu'il peut sur ce coffre, avec la femme du cocufieur, et le bougre assiste à tout sans pouvoir réagir. Et que crois-tu qu'il se passa finalement, hein, que crois-tu qu'il se passa?

J'en sais rien. Ils se sont battus à l'épée, ils se sont entretués.

Pas du tout, espèce d'idiot! On voit que tu n'y comprends rien. Le cocufié et l'encorneur s'étant rendus coup pour coup, ils firent la paix et redevinrent amis. Et ils s'échangèrent leurs femmes de temps en temps, histoire de renforcer leurs liens. C'est ça que dit l'histoire. Chaque femme y gagna deux maris et chaque mari y gagna deux femmes.

C'est immoral. Je vois rien d'autre à dire.

Tout à fait, immoral. Et c'est ce que nous sommes tous, des êtres abominables et immoraux. Et nous nous sommes oubliés nous-mêmes en une orgie de sang qui fera honte à nos descendants. Mais il en résulte que nous sommes libres comme le vent, et soudés, et que nos liens sont maintenant indéfectibles. Ne te laisse pas gagner par l'affliction, jeune Colomba, et ne t'aveugle pas à la moindre péripétie. Nos vies ne sont plus que ça, désormais, des péripéties, d'extravagantes péripéties.

Qu'est-ce que vous avez décidé? Que compte faire Théodore?

Suis-moi en Grèce, fils. Et prépare-toi à oublier ce matin où tu t'es réveillé seul. Poli va rentrer en Corse, et moi je te dois un destin. Tu auras le prix de ta vengeance, en femmes et en or, et en aventures sans fin. Tes amis qui t'ont trahi, cette nuit-là où ils étaient soûls, ils marcheront à tes côtés jusque dans les Enfers, et même jusque sous les remparts de Jérusalem, assiégée par ces Turcs immondes, à moins qu'il ne s'agisse de Mycènes, mais peu importe. "Pourquoi diffères-tu d'affranchir Solime?" disait le Tasse. Et l'on pourrait croire que tout est fini, tu pourrais bien le croire aussi, mais tout ne fait que commencer, mon ami, tout ne fait que commencer.

13

Ce fut le jour du premier sang. Levés à l'aube, et déjà bien avancés dans la montagne lorsque le soleil éclaira le versant maritime qu'ils gravissaient. *L'Infernu* ne disait mot, comme rentré à l'intérieur de lui-même, et Vénérande percevait toute la gravité de l'instant. Aujourd'hui, ils allaient tuer Le Long. Enfin, alors qu'ils franchissaient une crête et que le terrain formait une sorte de col fourchu entre un niveau et l'autre de la montagne, il se retourna et la regarda comme un commandant qui s'adresse à ses hommes.

Il est hors de question que tu sois en première ligne, dit-il. On va bien surveiller l'endroit, de loin, et s'il se montre je m'occupe de lui. Toi, je veux juste que tu restes en couverture. Tu seras armée, mais tu ne prends pas la moindre initiative, et même je te veux pas dans mes pattes. Tu te caches et tu observes, et si ça tourne mal tu files. Tu ne te sers de ton arme que s'il s'en prend à toi.

Et si on le voit pas? rétorqua-t-elle.

On va attendre, jusqu'à ce qu'il sorte le bout de son nez. Si on s'y prend bien, on peut pas le louper. Le dévoué Faustin m'a donné suffisamment de renseignements pour qu'on puisse le coincer.

Si on est embusqués tous les deux, il aura moins de chances de nous échapper.

Tu délires. Et tu ne sais pas de quoi tu parles. Alors je vais le dire une fois, et fais en sorte que je le répète jamais : au feu c'est moi qui décide. Toi tu observes, et tu apprends, un point c'est tout.

En son for intérieur, elle savait très bien qu'il avait raison, et elle n'insista pas davantage. Leur petit dialogue avait d'ailleurs eu la faculté de lui rendre encore plus concret l'acte définitif qu'ils s'apprêtaient à commettre, et la pression montait en elle à un point qu'elle n'aurait pas imaginé. Cela devait se voir.

C'est la première fois, pour toi, reprit *L'Infernu* sur un ton moins acariâtre. Et ça n'est pas facile, je le sais bien. Surtout…

Surtout pour une femme ? lança-t-elle avec une certaine arrogance bien éloignée de ce qu'elle éprouvait en fait au fond d'elle-même, cette sorte de folie lucide qui la portait mais n'empêchait en rien l'angoisse de l'étreindre.

Oui, exactement. Surtout parce que tu es une femme, qui a grandi loin de ces choses-là, et même si tu as du cran. Mais on passe pas d'un coup de la vie que tu as menée à celle-ci. Crois-moi, bien des hommes, et même des types aguerris, préfèrent tourner les talons avant d'affronter ce qui va venir. Alors évite de faire la maligne. Tu joueras à celle qui a des prétentions d'homme une autre fois. Aujourd'hui le sang va couler, et c'est moi qui dirige la manœuvre.

Elle acquiesça, et ils reprirent leur route. Toujours des monts à franchir, puis une dernière brèche qui les menait dans un grand cirque où coulait une rivière étonnamment rouge et boueuse. Et sur les deux berges du fleuve la terre semblait avoir été arrachée comme par la herse d'un titan, et les troncs des arbres déracinés ou passés à la scie, offrant le spectacle de billots surgis du sol, tels des cadavres sans tête. Ils franchirent la rivière en un lieu où un pont branlant était lui-même souillé d'éclaboussures rougeâtres, et les chevaux glissaient dangereusement sur cette écume, les obligeant à mettre momentanément pied à terre. La berge opposée était une aberration de crevasses et de chemins renforcés aux ornières par des planches déjà à moitié dévorées par la fange brune qui déferlait des coteaux nus. Ils parvinrent sur un contrefort plus ou moins plat, et au bruit qu'ils faisaient en approchant une demi-douzaine d'enfants roux de tous âges sortirent des deux maisonnettes en argile qui semblaient garder le passage, suivis d'une femme énorme à la tignasse effrayante d'une identique couleur de sang. Ils défilèrent un instant devant les enfants moqueurs, qui piaillaient comme des geais plus qu'ils ne parlaient, et la fille s'arrêta, excédée, pour leur demander ce qui était arrivé à cette vallée, et quels étaient les démons qui avaient ainsi saigné leur terre, jusqu'à la rendre laide du rougeoiement des incendies.

Le tanin, dit la grosse femme d'une voix rauque de tuberculeuse. Les hommes du nord sont venus, les entrepreneurs d'au-delà des mers, et ils ont embauché tout le monde pour couper les arbres, les châtaigniers, et les envoyer à l'usine, en amont, où on fabrique la teinture dans des cuves en acier. Ils fondent les troncs dans les cuves qui bouillonnent, et ils rejettent le jus dans la rivière. Il n'y a plus ni poissons ni anguilles qui flottent, et les sources saignent comme si la chimie imbibait le sol. Il n'y a plus d'arbres, et ceux qui les possédaient coupent d'autres forêts en d'autres lieux, ils sont devenus des ouvriers aux yeux rongés par l'acide, et leurs cheveux tombent avant qu'ils ne vieillissent, et leurs poumons recrachent les produits qu'ils ont respirés jusqu'à ce qu'ils meurent. Et les anciennes futaies sont mortes aussi, et des pluies torrentielles ravinent maintenant nos terres, sans rien qui les retienne. Notre pays est mort, et il ne reste que nous, que Dieu a oubliés ici, afin que nous souffrions, afin que nous payions tous les jours pour le mal que nous avons fait aux montagnes.

Pendant que la fille écoutait le récit hallucinant de la grosse femme, comme pétrifiée, *L'Infernu* regardait le parterre de dégénérés d'un œil mauvais, et l'on sentait bien qu'il ne comptait pas s'éterniser en ces terres de blessures éternelles. Il adressa un signe de tête agressif à Vénérande, et ils éperonnèrent les bêtes afin de leur faire reprendre la route. Ils n'avaient parcouru que quelques dizaines de mètres lorsqu'un caillou vola à deux doigts de la tête de la jeune femme, qui laissa échapper un cri de frayeur. L'homme à la barbe grise se retourna d'un coup, mettant la main sur la crosse de son pistolet, mais il ne vit que des garnements aux cheveux rouges qui s'enfuyaient et disparaissaient dans des terriers boueux, tels de vils rongeurs. Il leur lança une malédiction, où il était question d'extinction de leur race maudite, et du trépas douloureux qui les attendait s'ils recommençaient, par le dessèchement immanent des épaules, ou l'énucléation des yeux dont se repaîtraient un jour de sombres corbeaux, puis il s'adressa de nouveau à la fille, et il lui intima l'ordre d'accélérer le pas, et de laisser derrière eux, et sans plus se retourner, ces terres en putréfaction.

Ils atteignirent le lieu où se trouvait l'usine dont la femme avait parlé, et où grouillaient des masses d'ouvriers au teint blême qui déchargeaient des trains de chariots convoyant les arbres mutilés, et ils passèrent le plus au large qu'ils pouvaient de ce repaire de gobelins, tout en se protégeant les narines à l'aide de leurs mouchoirs, tant les pestilences acides envahissaient les airs, crachées par des cheminées infernales. Les bruits des forges et les hurlements des contremaîtres se firent entendre encore longtemps, puis, ayant franchi les dernières étendues de terres sacrifiées, ils contournèrent une chaîne de pics vertigineux, et se retrouvèrent dans une plaine intérieure, qui semblait encore épargnée par la dévastation, et où des fumées éparses trahissaient la présence de foyers d'habitation.

C'est le pays du Long, dit *L'Infernu.* D'ici peu nous serons embusqués près de sa maison. Alors, à partir de maintenant, plus personne ne doit nous voir.

Ils s'approchèrent d'un hameau aux habitations disparates et aux quartiers éclatés. Des bâtisses en déséquilibre les composaient, qui avaient des centaines d'années, et qui semblaient n'en plus finir d'achever laborieusement leurs temps médiévaux. Elles s'étalaient sur un versant ombragé qui noyait sa pente dans le creux impénétrable d'un ru invisible, dont les ronciers imbriqués et rebondis évoquaient le corps squameux d'un basilic. Un lieu d'une noirceur accablante qui n'avait pu enfanter que des enfants à la noirceur semblable, des êtres au sang glacé se mouvant en d'abominables reptations consanguines d'une terrasse à l'autre de ce bourg exécrable. Excentrée et située sur des hauteurs formant un glacis, la maison du Long était protégée par une haie inexpugnable de poiriers à demi sauvages et d'églantiers velus. À l'arrière, des enclos de planches grossières abritaient des bestiaux à profusion, et notamment une bande de suidés malodorants qui végétaient dans une boue grasse.

L'Infernu emmena la fille dans un sous-bois non loin des enclos, en contournant la piste praticable, et ils se mirent à couvert derrière un monticule de rochers qui les protégeait autant du regard des villageois que de celui de l'habitant des lieux. Le vent leur était favorable et les chiens de garde n'aboyaient pas en conséquence, à moins qu'ils ne fussent trop habitués aux humains pour faire cas de la présence de nouveaux venus en un lieu probablement fréquenté, fût-ce de manière sporadique. Il fallait que l'homme et la fille restent là, tapis, à attendre leur heure, et cette heure pouvait ne jamais venir. Lui était calme et caressait de temps en temps les chevaux, afin de leur transmettre son apparente sérénité tandis qu'elle se tenait toute recroquevillée entre la base d'un énorme tronc et la paroi recouverte de lichen d'un vieux muret cerclant les roches. L'anxiété la plus sourde et une impatience des plus malsaines alternaient en elle, mais elle se gardait bien d'en dire mot à son compagnon, respectant en tout point les consignes de silence qu'il avait édictées. *L'Infernu* devait, à un moment, se contenter de chuchoter qu'il était à bonne distance de tir, à moins que Le Long ne se présentât de l'autre côté de la maison, sur la placette en terre battue, auquel cas atteindre la cible devenait hautement improbable.

Mais c'est du bon côté qu'il apparut. Une porte en bois crissa sur ses gonds, et ils le virent sortir de son antre, tenant à la main une seille remplie à ras bord de divers détritus alimentaires ainsi que d'épluchures. Tout en sortant de la maison, l'homme à l'allure de corneille agrippa un fusil qui était appuyé dans l'entrée, en fit passer la sangle sur son épaule, puis il descendit prudemment les marches du perron. Arrivé au bas des marches, il scruta les alentours d'un air mauvais, à la manière d'un oiseau de proie, mais sans doute n'en possédait-il pas vraiment l'acuité visuelle car, n'ayant rien décelé d'anormal, il se mit à gravir la légère pente menant à la porcherie. Pour éviter de respirer, la fille se serrait le poing à pleines dents, toute excitation oubliée au profit d'un effroi que le vieil homme percevait et dont il craignait qu'elle ne le transmît aux chevaux au point qu'ils ne finissent par hennir. Il n'en fut rien.

Le Long se trouva bientôt à la palissade, et il se mit à parler aux porcs qui lui répondaient par des grognements affamés, et l'on aurait dit que l'être et les animaux se comprenaient dans une langue maléfique. Il déversa le contenu du seau dans une auge, et pendant que *L'Infernu*, patiemment, le gardait dans sa mire, il s'attarda à regarder manger ses bêtes, comme si une telle chose avait été le plus envoûtant des spectacles. Le doigt était appuyé sur la détente, prêt à déclencher la décharge mortelle, mais l'instinct poussait le tireur embusqué à attendre encore. C'est alors que Le Long fit une chose impensable : en confiance, et enivré par l'orgie bestiale qui se déroulait sous ses yeux, il posa son fusil contre la balustrade et se mit en demeure de la gravir, avec l'idée de s'y tenir à califourchon pour mieux caresser les soies d'un énorme verrat dont la goinfrerie l'attendrissait particulièrement. Le coup de feu retentit pendant qu'il s'affairait sur le haut de la clôture en planches, et l'on vit une gerbe de sang qui jaillissait de ses reins, juste avant qu'il ne bascule comme un pantin pour s'étaler dans la boue visqueuse, au milieu des porcs terrorisés.

La fille ne put retenir un cri, et aussitôt *L'Infernu* lui appuya la main sur la bouche. Suffit, dit-il, et il empoigna la bride de son cheval et la lui mit dans la main, l'enjoignant de monter en selle mais de l'attendre dans leur cachette, prête à déguerpir. Enfourchant alors sa propre monture, il éperonna l'animal en direction de la porcherie. Quand il l'eut atteinte, il longea la clôture, jusqu'à l'endroit où Le Long était tombé et l'aperçut derrière les planches, étalé les pieds dans l'auge, et à moitié enseveli dans les déjections. Il respirait toujours, et ses yeux désespérés cherchaient à surveiller les cochons qui se remettaient de la détonation qui les avait momentanément effarouchés, et qui s'en revenaient rôder de manière inquiétante où la nourriture avait été déversée. Mais, à l'exception de ses yeux quasi déments de terreur, il semblait que Le Long ne fût plus capable de bouger quoi que ce fût, et l'homme à cheval comprit que la balle avait dû lui sectionner la moelle épinière. Le regard agité se détourna de la horde affamée, et perçut enfin l'ombre trouble du cavalier, de l'autre côté de la haie de planches.

L'Infernu... formula le moribond dans un effort qui allait puiser au plus profond de lui-même.

Bonjour Le Long, fit *L'Infernu*, je viens de la part d'un homme à qui vous avez coupé la langue, toi et les frères.

Je veux pas mourir... Pas comme ça au milieu des porcs.

C'est toujours pareil. Les pires rebuts de l'humanité croient qu'ils disposent d'un droit à faire le mal. Et ils s'étonnent et ils miaulent comme des femelles le jour où on leur fait la même chose.

Ils vont me bouffer, Ange. Ils vont attendre et quand ils verront que je suis raide ils vont me bouffer.

C'est valable aussi pour moi ce que je te dis, Le Long. Des saloperies comme celle d'aujourd'hui, j'ai vécu que ça. Mais je voudrais pas que ça m'arrive. Si ça peut te rassurer, t'es mon dernier contrat. Après toi et les Santa Lucia, je me retire.

Ange, tue-moi...

Je vais chez les moines. Je demande asile et je paye pour changer de nom, avoir ma tranquillité. Je crois pas qu'il me reste beaucoup. Je pense à faire un peu de jardin, à lire des livres, me confesser, ce genre de choses. Enfin, partir en paix, tu vois ce que je veux dire.

Fais-le, par pitié. Les laisse pas me bouffer.

L'Infernu le regarda un court instant, glacial, le temps de confronter deux ou trois hypothèses contradictoires, jusqu'à ce que finisse par s'imposer, au fond de lui, le sentiment que rien de tout cela n'était personnel et devait donc rester professionnel, malgré les tentations cruelles qui le remuaient.

Non. Je vais pas les laisser te bouffer. Pas par pitié. Tu le mériterais, qu'ils te dévorent vivant, mais je vais pas laisser faire ça. Je vais le faire pour moi, pour que dans l'immense tableau de mon œuvre de chien, un seul petit acte puisse témoigner de mon désir de rédemption. Il me faut mériter les moines, vois-tu, et garder un œil ouvert face à Notre-Seigneur. Non, je dis tout ça pour rire, en fait. L'Enfer ne frappe pas à la porte du Paradis. Tu y as cru ? Ça n'aurait pas de sens, je le sais bien. Comme je t'ai dit, on m'a payé. Je vais faire ça proprement. Si on peut dire que finir sa vie dans la merde de ses propres cochons ça soit quelque chose de propre. Alors profite de ma mansuétude, Le Long, tu vas pas souffrir quand ils vont bâfrer. Et maintenant va où je t'emmène. Et restes-y.

Il sortit le pistolet de sous sa vareuse, il ajusta l'homme épouvanté qui gisait dans la boue, et il lui logea une balle en plein cœur. Le Long expectora un dernier filet de sang par la bouche, et ses yeux se figèrent dans l'éternité. Peut-être sa dernière vision fut-elle que la fiente vaseuse l'engloutissait pour le tirer vers le néant, un trou d'une obscurité totale d'où l'on ne revient jamais.

L'Infernu rejoignit l'abri dans le sous-bois, et il y retrouva la fille déjà à cheval qui était d'une pâleur de cierge, jusqu'à l'intérieur des lèvres qui semblaient avoir été passées elles aussi à la cire. Mais il vit qu'elle

était quand même lucide, et courageuse, en des instants où la plupart des gens normaux se seraient laissés choir comme des baudruches.

Maintenant il faut qu'on décroche, au plus vite, lui
dit-il en tirant les rênes de son cheval et pour qu'elle
ne se trouve pas à la traîne. On décampe avant que
ceux du village ne rappliquent. On va passer par
les gorges, et rejoindre les montagnes. Donc tu n'as
pas le choix, il faut fuir ventre à terre. Ça n'est qu'en
route que tu pourras vomir.

14

Guagnu, paese ospitalieru cù i frusteri
è sempre in guerra trà di elli. Nantu sta
tarra di libertà è di focu, e croce funebre
par indicà à u passageru duva l'omu era
cascatu di malamorte nascianu da per elle
cum'è i funghi.

Santu Casanova,
Tiadoru Poli banditu,
Annu Corsu, 1932.

Il faut que tu saches, petite, que les veuves ont le sang chaud et la cuisse plutôt légère. C'est ainsi. L'abstinence les rend folles, et cette concomitance avec la mort, disons-le comme ça, cette idée d'être la moitié d'un trépassé, ça doit les chatouiller un peu plus du côté de la vie. Bref, c'est avec une de ces furies que Poli s'était encanaillé. Je crois bien que ça faisait des jours et des nuits qu'il la baisait, une sorte de folle du cul qui en redemandait sans cesse, une parmi tant d'autres qui mouillait rien qu'à l'évocation des bandits. Il faut dire les choses telles qu'elles sont, les racailles attirent les minettes, ça a toujours été comme ça, et Poli en tirait plus que son dû. Ma foi. Il était pas tout seul, un jour je te raconterai, quand t'arrêteras de rougir, mais revenons à notre sujet. Le pauvre Théodore était terrassé par les fièvres, à ce qu'on m'a dit, et la veuve craignait que la maréchaussée le trouve chez elle, au village. Pas scrupuleuse pour deux sous, après l'avoir, quand même, vidé de ses dernières forces. Comme elle avait des biens, et des terres, et qu'elle était un peu matrone aux entournures, elle a fait venir un larbin qui a prévenu le frère à Théodore, Mathieu dit *Burghellu*, et les deux hommes ont transporté Théodore à dos de mule jusqu'à une bergerie qui appartenait à la veuve, dans la montagne, pour qu'il y reste le temps de se remettre et de pouvoir à nouveau rendre ses bons offices. En attendant, la veuve le foutait au placard, et le roi des bandits allait de plus en plus mal.

C'est vraisemblablement cette saloperie de larbin qui aurait vendu la mèche, enfin, moi on me l'a raconté comme ça. Il s'appelait Colonna et la bergerie, il la connaissait plutôt bien, puisqu'il y travaillait pour Madame. Enfin, le fait est qu'il y a débarqué un beau matin, et il était pas tout seul. Il avait rencontré au hameau de Coghja deux voltigeurs, Graziani et Fornari, qui écoutaient la messe à l'extérieur de l'église, et il avait fait le malin. "Rien de neuf à Coghja?", qu'il avait dit, narquois, aux voltigeurs. Et eux de lui répondre, intrigués : "Rien de particulier ici, pourquoi ? Tu sais quelque chose qu'on doit savoir ?" Alors l'abruti se mit à table et prétendit que Théodore Poli crevait d'une pneumonie dans une cabane de sa patronne, la veuve avec le feu aux fesses dont j'ai parlé. Quand les voltigeurs apprirent qu'un si gros poisson était dans la nasse, ils se précipitèrent vers la bergerie. Je pense qu'ils devaient suer comme des bestiaux, et qu'ils avaient les boyaux noués par la terreur, mais la prime pour la capture ou la destruction de Poli aurait donné du courage même aux plus froussards des sicaires de Sa Majesté. Ils se retrouvèrent donc en embuscade autour de la bergerie, renforcés du seul Colonna, qui comptait bien toucher sa part du gâteau. Mais comme ils se sentaient en position de relative faiblesse face à un ennemi, il est vrai, redoutable, ils utilisèrent un stratagème et se mirent à hurler des ordres dans toutes les directions, pour laisser croire que toutes les brigades avaient convergé sur les lieux. *"Attente Laurelli, attente Colombani, attente Catigliò! Tutti pronti!"* criaient-ils en faisant un vacarme qui réveilla Poli et son frère, lesquels se crurent perdus.

Il faut noter que, lors de cet épisode, le frère de Poli, ledit *Burghellu*, ne brilla pas par sa témérité. Non plus que par son dévouement fraternel, il faut le reconnaître car, aux cris des voltigeurs, il s'enfuit de la cabane en y abandonnant Théodore brisé par les fièvres. On peut penser que les trois assaillants n'étaient pas encore prêts à livrer bataille, et qu'ils furent surpris par la sortie de Mathieu Poli – certains ont même avancé qu'il y avait une entente entre *Burghellu* et la force publique, mais je n'y crois pas vraiment. Disons plutôt qu'à l'instant de jouer sa dernière partition, au moment où le destin propose à un homme le seul choix de mourir dignement ou de disparaître à jamais avec son infamie, le malheureux Mathieu a préféré la seconde solution, et qu'il s'est tout simplement montré lâche et pas à la hauteur de ce que la mauvaise fortune lui imposait, et, pour avoir connu le feu, pour avoir vécu ces moments de peur intense où la panique peut prendre le dessus sur le plus élémentaire raisonnement, j'avoue que je me garderai de le juger ou de lui jeter la pierre. Seuls ceux qui n'ont pas combattu ignorent ce qu'ils feraient en de telles circonstances.

Mais j'en reviens à Théodore. Il était seul et piégé comme un sanglier pris au collet, affaibli par la maladie, et, comme on vient de le voir, lâché par son dernier et plus fidèle allié. Il avait compris que tout était perdu, hormis son honneur. Combien de *cols jaunes* l'attendaient à l'extérieur de la bergerie, il n'en savait absolument rien. Alors, à la différence de son infortuné frangin, il préféra une mort glorieuse à l'humiliation de la couardise. On dit qu'il sortit en brandissant son fusil, et que le premier coup de feu fut tiré par Fornari. Poli répliqua, déjà touché à la poitrine, et Fornari s'effondra en criant comme une femme, le genou éclaté par la balle de son adversaire. Sans doute s'imaginait-il à ce moment précis affronter un ennemi invincible, une sorte de héros diabolique que les balles ne pouvaient abattre. Sans doute pensait-il que le rebelle allait s'approcher de lui et l'achever, pendant que ses compagnons prenaient eux aussi la fuite comme l'avait fait *Burghellu*. Mais une deuxième balle retentit, tirée par Graziani, qui traversa Théodore Poli de part en part, laissant jaillir des éclaboussures de sang à la ronde. Poli s'effondra, certainement déjà mort, mais dans une position ambiguë, à demi assis sur ses talons, et dirigeant toujours son fusil vers les assaillants, comme si l'arme déchargée avait encore pu faire feu. Le troisième tir fut celui de Colonna, qui l'ajusta au sommet du crâne et fit voler en éclats l'épaisse chevelure de jais. Cette fois il était bien mort, et l'aventure du plus grand rebelle que la Corse ait jamais connu venait de prendre fin. Et avec lui une guerre qui durait depuis des siècles.

On dit que Graziani et Colonna s'approchèrent du cadavre, tremblant de peur et d'excitation. Qu'ils le touchèrent du bout de leur fusil, craignant qu'il ne simule le trépas pour mieux se réveiller et les anéantir. Lorsqu'ils comprirent que tout était fini, et que Poli venait d'être détruit, ils le désarmèrent tout de même, toujours méfiants, et puis ils entamèrent une danse de mort autour de son cadavre, hurlant et riant, et tapant le sol de la crosse de leurs fusils. Ils dansèrent et ils chantèrent une humiliante complainte funèbre, où, endossant le rôle de la compagne du mort, ils imitaient ironiquement les cris de vengeance qu'elle aurait pu proférer.

On dit encore que l'on accourut de tous les villages, que le préfet lui-même se rendit sur les lieux pour vérifier l'impensable, que Poli était bien tombé sous les balles des voltigeurs. Et comme cela ne suffisait pas, comme l'incrédulité était partout, un cortège se mit en branle pour rejoindre Vico où l'on avait installé Poli sur une sorte de travois, la tête ressoudée avec des herbes pour empêcher le pourrissement, et du fil pour colmater son front éclaté. Il fut exhibé sur la place du village, devant des centaines de personnes qui défilaient pour voir de plus près sa dépouille. Certains trempaient leurs mouchoirs dans son sang afin de garder un souvenir, d'autres découpaient un bout de chemise, une mèche de cheveux. Les voltigeurs étaient partout, se pavanant et montant nonchalamment la garde autour du corps exposé. Le capitaine Marinetti, un félon monté en grade en tuant des compatriotes, se répandait en accolades et en larmes d'émotion tout en se félicitant du prodige que représentait la mort de son ennemi éternel. Les notables allèrent jusqu'à faire dresser devant leurs demeures des buffets où se restauraient les badauds qui arrivaient de loin, et – j'ai peine à le dire mais c'est la vérité – des bans étaient proclamés à la gloire des voltigeurs par une foule délirante. Je voudrais pouvoir affirmer que le peuple pleura ce grand commandant rebelle que fut Poli, mais hélas sa légende ne se forgea que bien plus tard, galvaudée, dévoyée, caricaturée. À l'instant de sa mort, et saisissant confusément que la guerre avait tourné à la faveur des Bleus, le peuple, en effet, retourna sa veste comme un seul homme, et le héros de la veille fut expédié vers l'au-delà au prix d'une immense souillure collective. Il en est ainsi de certains peuples, fille, volubiles à l'excès, et qui se complaisent plus qu'ils ne le devraient dans leur propre esclavage. Le nôtre – et je l'ai pratiqué – ne vaut pas plus que ça. Il aime un maître qui sache se faire respecter, et sa propension à la trahison est des plus abouties. Ne t'étonne pas – jamais – si ceux qui aspiraient à le libérer abîment par la suite leur destinée à simplement vouloir l'étrangler.

Mais les légendes demeurent tenaces, même chez les crétins, et les renégats eux-mêmes se mettent à en nourrir des nostalgies étranges, du temps où ils étaient debout, du temps où ils étaient libres, pour peu qu'une parcelle de mémoire subsiste en eux, et qu'elle les tourmente aux heures de la plus profonde lâcheté, de l'avilissement final. Et ainsi prétend-on que, la nuit venue, alors que le cadavre de Théodore était enfermé dans l'église, sous la garde du seul Orsoni, un voltigeur parmi d'autres, six hommes pénétrèrent dans la maison de Dieu, et ils étaient vêtus à la manière des insurgés. Orsoni était à genoux, et il priait qu'on l'épargnât, mais en cette heure il était bien le dernier souci des pèlerins en armes. Ceux-ci s'inclinèrent devant leur chef anéanti, et ils se recueillirent en silence un long moment, avant d'emporter son cadavre sous les yeux médusés du gardien. "Tu ne vis que pour le raconter", intimèrent-ils à Orsoni, puis ils placèrent la dépouille de Théodore Poli en travers d'un cheval, et ils partirent au galop vers les montagnes, où ils disparurent à jamais. La légende, donc? Elle prétend que Poli fut enseveli par ses compagnons en un lieu gardé secret, dans le respect des vraies traditions *carbonari* qu'il leur avait enseignées. Si je fis partie de ces pèlerins? Non. Si je sais où repose le grand commandant des rebelles? Va savoir, fille, va savoir. J'étais ailleurs lorsqu'il fut tué. On était en 27. Mais bien des choses se sont dites entre les survivants. Bien des choses.

15

Elle le regardait et il voyait bien que quelque chose la chiffonnait. Un long silence pesant entre eux deux, que, comme d'habitude, il rompit le premier. Quoi? dit-il. Et elle lui demanda alors, pour les Santa Lucia, comment il les connaissait.

Je les connais.
Mais comment vous les connaissez?
Tu m'ennuies.
Ce sont vos amis?
Non, ce ne sont pas mes amis, j'ai connu Le Bigleux surtout, tu le sais que j'ai pas fait beaucoup de belles choses, tu as pas fait appel à moi pour qu'on se raconte de jolies histoires, et d'ailleurs, moi, de jolies histoires, j'en connais pas. Même l'histoire de Poli, sa fin et tout, c'est une tragédie, et les tragédies c'est moche. Et il n'y a rien d'autre à rajouter.

Elle fit semblant de se replonger dans sa couture – dans son silence surtout. Qu'il ne supportait pas.

J'ai maraudé avec Le Bigleux, un certain temps. Pas plus long qu'un hiver. Une des pires périodes, il y a quoi, six ans? À l'époque, des voltigeurs y en avait plus, on les avait licenciés. Mais les gendarmes avaient pris le relais, ils étaient pas commodes, et on trouvait pas beaucoup de portes où aller taper. Tu sais, petite, les temps héroïques, ils ont pas duré long-temps, en 30 on peut dire que la page était déjà tour-née. Non, avant même, je te raconterai un jour, tout ce qu'on a fait. Jusqu'en Toscane on a été, d'autres ont mis les voiles vers la Sardaigne, et même, je vais te dire, j'ai eu l'occasion d'aller voir jusqu'en Grèce ce qui s'y passait, et ça non plus c'était pas joli. Les guerres d'indépendance, quand c'est chanté par les poètes, ça va, mais quand on les vit en vrai, on n'a pas envie d'en faire des chansons. Mais à la vérité on n'était plus des héros depuis longtemps. On était des salopards. Ouais. Le drapeau on l'a laissé au pays, et après il a fallu survivre, et nous on savait faire que la guerre. Et à la guerre tu tues des gens. En fait t'ap-prends pas grand-chose d'autre. Tuer, voler, passer de ville en ville, s'enfuir encore, plus loin, à chaque fois plus loin, et au bout d'un certain temps tu as oublié pourquoi tu fais ça, mais ce qui est sûr c'est que tu sais pas faire autre chose. Et puis aussi, quand tu épouses ce métier-là, c'est pas comme un labou-reur qui deviendrait marchand de clous, ou un char-ron qui voudrait être capitaine de marine, là tu fais pas marche arrière. Tu changes pas du jour au len-demain, parce que tout simplement y a toujours quelqu'un qui veut ta peau, et qui veut te porter au bourreau, ou même qui te rappelle tout ce que tu as fait, et qui fait en sorte qu'on puisse jamais t'ou-blier. Alors dans ma saloperie de vie, j'ai maraudé, j'ai pillé, et j'ai tué des gens parce qu'on me payait pour ça. Sur ce chemin-là, j'ai pas trop fréquenté des instituteurs, ni des bonnes sœurs, ni rien qui soit du bon côté de la balance. J'ai connu les pires crapules, tu as même pas idée de qui j'ai croisé. Alors t'étonne pas si j'ai fait un peu de route avec Le Bigleux. C'est des choses qui arrivent dans mon métier. Un jeune qui te sert de guide, un compagnon de misère qui te fait des révélations, une débauchée qui est passée de l'un à l'autre, des endroits secrets que ne fréquente que la canaille, enfin, y a toujours quelqu'un pour te mettre en relation. Alors avec Le Bigleux on s'est trouvés, il était pas avec ses frères en ce temps-là, disons qu'il les enrôlait occasionnellement, avec le *Feminu* et les autres que je t'ai dits, mais le plus qu'il trafiquait c'était avec Le Long, pour le vol de bétail. J'ai filé un coup de main ou deux. On volait des porcs, surtout, quelques chevaux, des chiens aussi, pour la chasse. On se rendait chez Le Long et c'est lui qui écoulait tout ça, il avait des enclos, perdus dans la montagne, et des saloperies d'acheteurs arrivaient de toutes les contrées, après avoir été contactés, et prenaient tout ce que Le Long revendait. Les chiens volés dans le sud prenaient la direction du nord, les chevaux pris dans les plaines au levant finissaient dans des élevages au couchant. Enfin voilà, on a fait ça quelques mois, mais je peux pas dire que j'aie vraiment fait partie de la bande, comme je te dis nos routes se sont juste croisées. Et le plus actif c'était bien Le Bigleux, à l'époque. C'était lui qui montait les coups, qui avait les tuyaux pour le bétail à chaparder, et pas seulement, mais moi je me suis cantonné à ça, et j'ai évité de me colleter à des trucs plus sordides. Je veux pas dire par là que je suis quelqu'un de bien, j'ai fait des horreurs bien avant qu'on se connaisse, toi et moi, et tu as dû en entendre parler, mais Le Bigleux faisait les choses par plaisir, pas par nécessité. C'était un tordu, voilà. Il volait, mais s'il pouvait tuer au passage, ou semer le mal rien que pour le semer, il le faisait. J'ai ma théorie sur ce pays. Je me dis que Dieu l'a choisi pour y expérimenter tout ce que les hommes sont capables de mettre en œuvre pour s'affronter et se détruire. Je crois comme ça que cette ordure qui est Notre Seigneur a pris un peu de tous les ingrédients les plus pourris de la nature humaine et qu'Il a foutu tout ça dans un bocal, avec nous au milieu pour voir ce que ça pourrait donner, et comme ça Il saurait, et Il éviterait de reproduire partout le même potage. Je crois pas qu'Il y arrive vraiment, mais disons que dans son expérimentation du pire, Il nous a choisis parmi les cobayes les plus zélés. La haine, le ressentiment, la jalousie, la convoitise, la médisance, on dira que c'est à peu près ce qui se partage le mieux dans ce putain de territoire, et si l'on y rajoute l'enculerie, la politique, la tyrannie, l'oppression et la guerre permanente, la vengeance et la corruption, je crois qu'on a un terreau durable pour que le merdier légué par nos anciens se perpétue encore longtemps. Enfin bref, j'ai vu un peu le monde, par obligation, et je vais pas te dire qu'il est beau, mais quand même, je dois à l'honnêteté de reconnaître que notre pré carré sent particulièrement le moisi, et même je trouve qu'il exhale plus que de raison un fumet de chairs en décomposition dont je ne te dis que ça. Enfin, tout ça pour que tu comprennes qu'au milieu de ce magma, sur ce tas de fumier de notre humanité particulière, il pousse de temps en temps une fleur un peu plus laide que les autres. Fleur c'est un bien grand mot, je devrais dire plutôt que, de la tourbe, de la fange nourricière, une créature monstrueuse apparaît parfois, qui remue de manière visqueuse, et qui se complaît plus que les autres dans ce qui grouille, ce qui rampe, ce qui a le sang froid, ce qui, en un mot, nous fait frissonner de dégoût. Cette créature, c'est Démosthène Santa Lucia, dit Le Bigleux. Le pays qui est le nôtre, et dans lequel cette crevure a grandi, n'allait donc déjà pas trop bien, et c'était la faute à pas de chance, ou aux expériences foirées du bon Dieu, comme je l'ai évoqué, mais pour Santa Lucia, cette terre déchue, ce monde où toutes les valeurs se sont inversées, c'était une aubaine inespérée, le théâtre idéal pour qu'il y exerce la plénitude de son ignominie. Donc je faisais des coups avec lui, ponctuellement. Mais je lui faisais pas confiance. Je me méfiais de lui. Plus que d'imaginer qu'il me tue dans mon sommeil, pour toucher la prime liée à ma capture ou à ma destruction – ou plus vraisemblablement la récupérer indirectement, parce que lui aussi était recherché –, je me disais que ce salaud n'allait pas tarder à me vendre. J'essayais de ne lui donner aucune indication sur mes allées et venues, mais ça n'était pas simple. Et notre histoire s'est arrêtée au fond d'une grotte, où nous nous étions réfugiés dans l'attente d'un mauvais coup. Ce qui s'est passé, c'est qu'on était là tous les deux, et il y avait juste un feu de bois gras entre lui et moi, et on s'y réchauffait comme on pouvait. À un moment, alors que je commençais à m'endormir, Le Bigleux s'est levé, et il a dit comme ça, il faut que j'aille pisser, attends-moi là. Et il a pris la direction de la sortie, en faisant semblant de se débraguetter. J'ai tout de suite pensé qu'il allait profiter de mon sommeil, et mettre les bouts pour aller prévenir la gendarmerie, ou plutôt des intermédiaires, pour qu'ils viennent me cueillir. Et je pense que je n'étais pas loin du compte. Alors j'ai levé mon fusil, et je l'ai braqué sur cette ordure de Démosthène. *Piscia in casa*, je lui ai dit, pisse à l'intérieur, et il est devenu pâle, parce qu'il n'avait pas du tout envie de pisser, et ni même de baisser son froc devant moi quelles qu'aient été les circonstances. Mais c'est bien ce qu'il a dû faire. Il est resté d'abord interdit, décontenancé, et puis il y avait le canon du fusil qui le visait en pleine tête, et ensuite il a tenté un coup d'esbroufe, il a voulu se la jouer sur un ton plus badin. Toi alors, il me disait, tu en as des bonnes! J'ai dit : j'en ai pas des bonnes, je vais t'exploser les couilles à la balle quadrillée, espèce d'enculé, tu pisses dans la grotte, ou tu crèves. Et là il a compris que je plaisantais pas. Eh! J'ai plus envie, il a dit, tu m'as tout coupé avec ta réaction, qu'est-ce qui te prend? J'ai dit: si tu sors pas une goutte de ta bite, tu peux faire ta prière. Il a fini par baisser son froc, et il était blême, et il m'a même dit: tu vas voir, toi, avec tes drôles de réactions, moitié comme si on était toujours des amis, et moitié pour me mettre en garde. Mais moi je ne disais plus rien, et je le gardais bien dans la mire, et la seule chose que je me demandais c'était quand j'allais appuyer sur la détente. Alors comme par miracle, il s'est mis à pisser, et même qu'il s'arrêtait plus, tu vois, hein, tu vois!, qu'il disait. Mais avant qu'il ait eu fini je lui ai balancé un bon coup de crosse dans la mâchoire, et il s'est étalé, il était pas dans les vapes mais le temps que la douleur passe et qu'il ait fini de se tordre je serais déjà loin. Et c'est ce que j'ai fait, j'ai récupéré ma besace et j'ai décampé dans la nuit. Voilà, fille, c'est tout ce que je peux te raconter. J'ai jamais plus revu ce salopard. Et je me suis gardé de lui, mais sans y penser plus que ça, parce que pour dire la vérité, j'avais pas que lui à mes trousses.

Vénérande l'écoutait sans mot dire. Et elle se taisait encore lorsqu'il tira sur lui sa couverture et qu'il se recroquevilla dans son coin de mur, décidé à sombrer dans le sommeil du juste. Et puis la colère qui bouillonnait en elle finit par avoir le dessus, et elle pensa qu'il ne serait pas honnête de le laisser s'endormir sans qu'elle lui ait lâché la pique désobligeante qui lui brûlait les lèvres.

Vous êtes donc une sale pourriture vous aussi.

Quoi ? dit-il, en se retournant d'un coup, vexé, la couverture toujours sur les épaules.

Vous avez fréquenté ces ordures, et même le pire de tous, et vous me le racontez, comme ça, comme si ça devait rien me faire.

Je viens de te dire comment ça avait fini ! Comment je lui ai démonté la mâchoire !

J'en crois rien ! Vous inventez vos histoires pour avoir le beau rôle. Tout ce que je vois, c'est que vous avez été copain avec les Santa Lucia. Et je crois que les serpents se retrouvent entre eux, parce qu'ils se ressemblent et qu'ils se reconnaissent. Vos histoires et vos théories, sur le pays, sur le bon Dieu et ce qu'Il fout dans des bocaux, la méchanceté et la misère humaine, moi je crois que vous êtes un baratineur tout simplement.

Bon, je vais dormir, tu n'as rien compris.

J'ai compris. Vous faites celui qui croyait en des choses. Vous aviez un drapeau, et tout, mais à la fin vous me racontez que des horreurs, et il vous en a pas fallu beaucoup pour passer dans la truande. Et pour tourner le dos aux seules belles choses que vous auriez pu faire dans votre vie de bon à rien. Et Poli ceci, et Antomarchi cela, mais au final, vous voliez des cochons avec des minables et des détraqués, et même vous arrachiez des chiens à leurs maîtres et ça c'est répugnant.

Tu débloques complètement, fille! Faudra voir à rediscuter de notre arrangement, parce que je sais pas si je vais supporter longtemps que tu me parles comme ça.

Non je débloque pas! Et ce que je dis c'est que vous auriez dû lui faire la peau au Bigleux! Dans la grotte! Et pas vous enfuir comme ça, comme un lâche! Si vous aviez fait ce que vous deviez, Petit Charles aurait jamais eu le visage arraché, la langue coupée!

Bon, ça va! Tu veux te taire maintenant?

Qu'est-ce que vous croyez que ça peut bien me faire qu'il ait pissé devant vous? Vous croyez que je prends ça pour une histoire de héros? Que ça fait de vous un être exceptionnel? Au mieux c'est des bobards, et au pire je trouve ça honteux. Deux hommes dans une grotte et un qui regarde l'autre avec le pantalon sur les chevilles… Ce qu'il faut pas entendre!

Je répète : tu n'as rien compris! Et je dors!

Et il se retourna contre le mur, furieux, se couvrant la tête de sa couverture, décidé cette fois à ne plus l'écouter, et à ne plus jamais rien lui raconter. Mais il avait tout de même du mal à ne pas éprouver ce sentiment de honte qu'elle venait de lui jeter à la figure. Il tenta d'émerger une nouvelle fois de sa couverture, pour lui envoyer une dernière pique qui la remette à sa place, mais il vit juste qu'elle-même avait laissé tomber sa couture et aussi tout ce qu'elle faisait nonchalamment pendant tout le temps où il lui avait relaté ses histoires, et qu'elle s'était enfoncée également dans sa couche, lui tournant le dos de l'autre côté de l'âtre où rougeoyaient des braises incandescentes. Il n'en pouvait plus de l'effronterie de cette petite punaise qu'il se traînait inconsidérément dans la plus nulle de toutes ses aventures. Voilà qu'elle lui tournait le dos, qu'elle faisait comme s'il n'existait pas! Il plongea encore une fois la tête dans son coussin improvisé, vert de rage, et pas très fier, puis se retourna de nouveau dans l'intention de la moucher en l'accusant puérilement de n'être qu'une vipère mal élevée sans arriver à terminer sa phrase, parce qu'il se rendait bien compte qu'il ajoutait à son ridicule, avant, définitivement vaincu par le haussement d'épaules qu'il venait d'entrevoir, de lui tourner le dos une bonne fois pour toutes et de se mettre à grommeler tout seul entre ses dents. C'est alors que, toujours grommelant, il fut pris d'un rire inextinguible, à en pleurer, qu'il chercha à étouffer en se mettant un poing dans la bouche tandis que la jeune fille, qui ne dormait pas encore et boudait dans la pénombre comme bouderait une enfant, entendant rire *L'Infernu*, se félicitait de l'avoir à ce point décontenancé. Et souriait longuement à son tour.

16

Bien sûr, oui, Antomarchi. Tu veux toujours tout savoir, fillette, mais des fois il y a des choses qu'on doit garder pour soi. Enfin, je t'en ai dit déjà tellement, de toute façon. Non, je ne crois pas qu'il ait été un tueur-né. C'était plutôt, comme qui dirait, un homme d'esprit. Le plus grand de tous, peut-être bien. Une sorte de génie de l'ombre, de ces types qui ont un talent inné, mais seulement pour rester numéro deux, et jamais pour apparaître vraiment en pleine lumière. Une sorte de nature. Une manière de se cacher, de faire les choses pour soi, et pas pour la galerie. Alors c'est pour ça qu'on parle plus de Poli, et moins d'Antomarchi, mais moi qui les ai connus, je peux dire que si j'aimais Poli comme le père que je n'ai jamais eu, le mien ayant été un pochtron de la pire espèce – inutile d'en parler –, eh bien si j'aimais Poli et que je l'admirais, je peux dire d'Antomarchi que lui me fascinait. Dans les bandes que nous avions constituées, la plupart des hommes étaient des paysans misérables et incultes, ils s'habillaient avec le drap brun du pays et ça leur semblait la meilleure des choses qui puisse exister, lui était raffiné, il soignait sa chevelure et ne revêtait que les meilleurs habits. Il aimait la soie verte, les dentelles, et portait des jambières noires absolument impeccables. Sur la tête, un couvre-chef de feutre marron, toujours relevé du côté droit. L'élégance incarnée, avec une légère pointe d'excentricité, mais il était aussi un peu fou. En Grèce, il s'affublait parfois comme un klephte, je veux dire comme un de ces soldats d'opérette qui constituaient la garde hellène, et tout ce qui était oriental lui plaisait, de manière générale, il aurait tout aussi bien pu être dans le camp d'en face, rien que pour s'accoutrer de manière encore plus frivole, et porter la haute coiffe ridicule des janissaires. J'exagère à peine, mais tout de même c'était celui pour qui le port et le maintien comptaient le plus. Ces histoires comme quoi il correspondait avec le Préfet, ainsi qu'avec d'autres de ses ennemis, les juges, les commissaires, je ne sais pas si c'est vrai. J'en doute un peu. De toute façon je ne pense pas qu'il ait su parler français à ce point. Je sais que des pamphlets ont circulé, des manifestes de guerre, mais ça m'étonnerait qu'il les ait écrits lui-même. Peut-être les a-t-il fait écrire, ça c'est possible, ou a-t-il donné son accord pour qu'ils soient ainsi rédigés. On ne saura jamais, mais c'est vrai qu'il en aurait été capable. De toute façon il était instruit. Il avait fait son séminaire. Il nous lisait nos courriers, notait des choses dans ses carnets.

Il était entré en révolte assez jeune, et d'ailleurs il n'était même pas tellement plus âgé que moi. Disons que chez lui la jeunesse était moins visible. Il avait tué au départ pour une affaire de cœur. On l'avait éconduit, quelque chose comme ça. Il avait été moqué par la famille de la fille qu'il aimait, à cause de son rang inférieur, et je pense qu'il en avait éprouvé une réelle injustice. En tout cas il les avait tous tués, et peut-être même – si j'ai bien compris – sa propre fiancée. Après quoi il avait pris la tête de la bande du nord, avec Sarocchi, et les Gambini. Ils apposaient des proclamations écrites sur les portes des maisons. Ils levaient l'impôt, faisaient la guerre aux Bleus. Comme nous faisions à peu près la même chose dans le sud, nos deux bandes s'étaient réunies, et un temps nous avons été invincibles, nous avions le peuple avec nous, les pauvres, parce qu'ils étaient comme nous et refusaient d'abandonner leurs champs pour servir des années dans une armée étrangère, loin de leur pays et de leurs familles. Cette guerre, ça a été une vraie guerre, et un désastre pour l'armée bleue. En quatre ou cinq ans, nous avons tué des centaines de gendarmes et les traîtres qui les assistaient. Poli avait décidé d'un impôt sur les notables, et parfois aussi sur les curés, c'est vrai, parce qu'on n'était plus dans l'ancien temps, où les chefs des communautés étaient de vrais patriotes. Déjà depuis l'Empereur, puis après avec le retour du Roy, ils s'étaient bien tous habitués à être des sous-fifres, et à lécher la main des bourreaux qui torturaient leur propre peuple. Mais j'en viens à parler à la manière d'Antomarchi, à réveiller en moi le combattant exalté des premières heures. La vérité c'est qu'il y a bien longtemps que je ne crois plus à ces choses-là. Les États, les Nations, la Liberté, tout ça c'est des sornettes, et de toute façon il y avait autant de scélérats parmi nous qu'il pouvait y en avoir chez les Bleus. C'est une triste vérité, mais c'est ainsi, et je pense que ça doit avoir un rapport tout simple avec la nature des hommes, qui valent finalement peu de chose. Quand on sait ça, on peut même les assassiner un peu plus froidement. Mais bon.

Je veux te parler de la Grèce, fille, je veux te dire le siège de Missolonghi. Lorsque les voltigeurs nous ont forcés à quitter le pays, nous avons mis pied à terre en Sardaigne, puis nous avons formé une troupe en Toscane, comme tu le sais. Un temps ça nous a servi de base arrière.

Lorsque la cause fut entendue, et que nous eûmes compris que notre étendard était définitivement à terre, nous nous sommes engagés pour la Grèce. Mais pas tous. Poli est rentré en Corse, avec une bonne partie de la bande du sud, espérant y jouer un rôle malgré tout, et la logique aurait voulu que je le suive. Mais on nous parlait de ce conflit lointain, du besoin de soutien de nos frères chrétiens, et aussi de la stabilité de la solde. La guerre, on savait faire, alors la faire pour notre compte ou en tant que mercenaires grassement rétribués, finalement c'était du pareil au même. Moi je voulais en être, et j'avais appris à aimer Antomarchi, à le respecter comme un chef courageux et avisé. Et au pays, rien ne m'attendait plus. Je me suis donc embarqué avec les autres volontaires. Et la guerre contre les Ottomans nous a menés à peu près sur tous les champs de bataille, en Morée ou en Roumélie, dans la mer Égée, et surtout on s'est retrouvés dans une ville qui gardait le golfe de Patras, et qui était entourée d'anciens murs de protection construits par les Vénitiens. On nous disait que cette ville – Missolonghi, donc – était la clé de la Grèce et de sa liberté. Elle avait une sorte de valeur symbolique, parce que des fantoches de l'Europe entière étaient venus s'y montrer, pour soutenir la cause des Hellènes, et en retirer une certaine gloriole. Le poète Byron, notamment, y avait crevé l'année précédant notre arrivée, mais pas au combat, parce que je doute que cet éphèbe à jabot ait eu la moindre propension à porter les armes. À ce qu'on m'a dit, il se pavanait avec un page nommé Loukas, qu'il enfilait nuitamment, et on le sollicitait surtout pour ses deniers, il payait personnellement les soldes, et bien sûr il assurait le prestige et la propagande des insurgés dans la plupart des salons et des cours de l'Europe entière. Quoi qu'il en soit, seules les fièvres furent la cause de sa mort, et nous n'eûmes donc jamais le loisir de le rencontrer, et c'est bien dommage parce qu'il se serait sans doute entendu avec Antomarchi, et même il aurait pu s'en inspirer dans ses vers.

J'en reviens à l'essentiel. Il y avait face à nous plus de vingt mille Turcs surarmés, qui faisaient le siège de la ville, faisant hurler leurs obusiers des journées entières pour abattre les murs imprenables qui nous protégeaient. Une nuit, nous entendîmes les bruits de travaux inhabituels au pied des remparts. C'était des sapeurs ottomans qui s'affairaient afin d'ouvrir une brèche dans les fortifications, et ils étaient couverts par des fusiliers qui abattaient tout homme qui pouvait les menacer depuis les hauteurs. Il y eut une sortie, d'affreux combats à la baïonnette, à la lueur des torches, des corps-à-corps sans merci avec de sombres auxiliaires albanais, mais nous réussîmes à repousser l'ennemi, et à l'empêcher de placer ses mines dans les galeries que les sapeurs avaient creusées. Il y eut de l'héroïsme, fille, lors des combats de Missolonghi, et je peux affirmer que nous y avons tous pris du grade. J'étais moi-même sergent, et Antomarchi devint capitaine, puis plus tard commandant de l'armée grecque, il fut célébré en maintes occasions – et c'est la vérité – en tant que héros national. Mais cette sortie, donc. Des cadavres amoncelés, et des beuglements de désespoir dans la nuit, des centaines de blessés qui hurlaient à la mort tels des chiens à l'agonie. Nous avions repoussé les Turcs, certes, et refermé les portes de la ville dans la plus extrême confusion, il faut bien le reconnaître, mais hélas nombre d'entre nous étaient restés prisonniers à l'extérieur. Le lendemain de la bataille, des cavaliers égyptiens se présentèrent sous les murailles, hors de portée de tirs, et ils traînaient avec eux une dizaine de captifs, dont notre compagnon Pascal Gambini, avec qui nous avions livré tant de combats, tant au pays qu'en Terre Ferme. Nous n'avons rien pu faire, ni eu le temps d'intervenir. Nous avons juste assisté à leur exécution, les regardant se faire décapiter au sabre, docilement, à genoux face à la ville qu'ils avaient défendue, et, en quelques minutes, leurs têtes avaient roulé dans la poussière et les cavaliers étaient partis rejoindre leurs positions. Ainsi mourut Gambini, fille, loin de sa terre natale, mais en d'autres lieux où la folie des hommes se déchaînait, implacable et meurtrière. Et voilà ce que mes yeux ont vu, il y a si longtemps, et si je le raconte, je pense qu'on ne me croira pas, je pense que l'on dira que je me repais d'étranges histoires, de pures affabulations. Mais c'est comme ça. Les hommes oublient vite, et leur mémoire n'est rien, de la poudre au vent, et pas plus.

Et je n'ai pas fini, je vois bien que tu attends encore d'en savoir davantage. Pour mon compte, la vie qui est aujourd'hui la mienne a débuté après que les Grecs eurent gagné leur guerre. On était en 30. Je n'avais plus grand-chose à faire là-bas, et mes compagnons non plus. Antomarchi avait été proposé au rang de colonel, mais je crois que la monotonie d'une vie de garnison ne l'intéressait pas et, qui plus est, en des terres lointaines qui n'étaient pas les nôtres, d'autant qu'on nous faisait alors sentir que notre temps était révolu, qu'on n'avait plus besoin de nous, que les caisses du nouvel État étaient vides, et qu'il ne se trouvait nulle part dans le pays libéré une personne à même de nous imaginer une reconversion. Démobilisés, de la manière la plus radicale et logique qui puisse être, nous sommes rentrés au pays, par petits groupes, et nous avons chacun cherché un nouveau destin, qui ne pouvait être que celui de perpétuels fugitifs. C'est ainsi que j'ai perdu la trace d'Antomarchi. Je veux dire qu'à partir de notre retour, je n'ai plus jamais croisé sa route. Je sais qu'il est retourné dans sa région, et qu'il y menait une vie de notable, bien qu'étant toujours un hors-la-loi. Mais c'était comme ça, il avait un petit faible pour les marques de reconnaissance et les frivolités. Il résidait donc clandestinement sur les terres de son enfance et y rançonnait aveuglément tous ceux qui pouvaient assurer son mieux-être, sans parler de quelques culs-terreux dont la tête ne lui revenait pas. C'est dans cette dernière catégorie que se trouvaient deux paysans qui lui résistaient et refusaient de lui régler l'impôt personnel dont ils étaient affligés. On dit que Joseph Antomarchi se présenta sur leur lieu de travail, un champ perdu au milieu d'une clairière désolée. Il s'avança vers eux en matamore, convaincu de leur faire entendre raison, et leur rappela la dette qui les concernait. Mais il avait affaire à deux bourriques, deux types à la tête tellement dure qu'il était quasiment impossible d'y enfoncer le moindre raisonnement. Pour se faire entendre mieux, et habitué à ce que l'on se courbe en sa présence, Antomarchi s'approcha un peu trop près des hommes, certainement pour rendre ses menaces plus concrètes, mais si près qu'il était maintenant à portée de main. Sans qu'il s'y attende le moins du monde, l'une des deux brutes le saisit par le cou, et l'attira tout contre lui pour l'étrangler. Ne pouvant ajuster l'homme avec son fusil, ni donc faire feu, il réussit néanmoins, en s'aidant de ses coudes, et de ses dents, à se libérer miraculeusement de l'étreinte abjecte qui lui était imposée. À cet instant précis, le destin – qui lui avait si souvent porté secours par le passé – aurait pu basculer une nouvelle fois en sa faveur. Or il décida de l'abandonner. À peine, en effet, s'était-il libéré que le deuxième homme l'agrippa par les cheveux avant de lui asséner, par-derrière, un terrible coup de hache sur l'épaule, lui brisant la clavicule et tranchant les chairs si profondément que l'arme ne put ressortir, comme retenue par une sorte de ventouse sanguinolente. Antomarchi vit des étoiles, et une douleur épouvantable le fit tomber à genoux. Le premier homme, celui qui avait voulu l'étrangler, comprit alors que le percepteur sans foi ni loi qui l'avait jusqu'ici harcelé, cet homme que l'on disait avoir été un héros de guerres lointaines ou oubliées, était maintenant en son pouvoir. Il lui balança un violent coup de pied en pleine face, de toutes ses forces, faisant éclater le nez et toutes les dents de la mâchoire supérieure dans un même bruit sec et répugnant. Antomarchi s'effondra, à demi évanoui, et nul ne sait ce qui put bien, alors, passer dans son esprit. Sans doute comprit-il que c'était la fin. Et que cette fin ne s'écrivait pas de la même encre que d'autres pages de sa vie qui avaient, malgré tout, semblé plus glorieuses. Peut-être revit-il des choses qui n'appartenaient qu'à lui – le visage d'une mère ou des mots obscènes échangés, jadis, avec quelque voluptueuse maîtresse. Peut-être sa dernière pensée l'emporta-t-elle vers des songes galants, et de rares instants où l'amour avait pu se faire une place dans sa vie, avant qu'il ne l'éteigne, avant qu'il ne l'anéantisse, par la poudre et le feu. Peut-être implora-t-il une jeune fille, tuée au cœur de sa jeunesse, tant d'années auparavant, et à qui il avait dédié par la suite d'inconséquents et mélancoliques sonnets, peut-être s'adressa-t-il à elle une dernière fois, afin qu'elle le pardonne. Quoi qu'il en soit, il mourut de la plus misérable manière possible, je veux dire pour un homme de son rang. Mis à terre, à demi assommé, il vit l'homme qui venait de lui briser le visage se courber et ramasser son propre fusil. L'homme le chevaucha, comme il l'aurait fait d'un cerf blessé, encore qu'un cerf, lui, eût pu ruer, et il le visa froidement en plein front, avant d'appuyer sur la détente, et de libérer la charge destructrice qui éteignit à jamais ce qu'avait été la conscience de Joseph Antomarchi. Il fut tué par un bouseux, avec son propre fusil, après que son corps eut été tordu et déchiré de manière pitoyable. Et il n'y eut pas de mort plus humiliante, ni plus dérisoire, pour signifier qu'une ère nouvelle venait de s'ouvrir.

Voilà, fille, ce que fut cette histoire. Voilà ce que furent Poli, roi des forêts, et Antomarchi, dit *Gallochju*, le Coq Hardi, qui ne connaissait pas la peur et aimait parader avec des habits neufs. Et maintenant laisse-moi dormir, et rêver une dernière fois à ce que furent ces heures. Car demain la journée sera longue et difficile. Chargée d'incertitudes et de dangers. Et Dieu sait ce qui nous attend. Dieu sait si nous verrons encore le soleil se coucher. Laisse-moi dormir, fille, et retiens bien toutes les recommandations que j'ai pu te faire. Puissent-elles nous servir à mourir dignement.

17

Parmi ces recommandations qu'il avait pu lui faire, il y avait surtout celles qui consistaient à la tenir définitivement à l'écart du combat. Soit qu'il eût sincèrement voulu lui épargner la rudesse de l'épreuve, soit par crainte que son inexpérience ne leur fût fatale à tous deux. Il avait également conscience qu'une aide de sa part ne serait pas vaine, et son plan était maintenant tout à fait élaboré.

Fille, demain, comme pour Le Long, tu ne m'assisteras pas au combat. Une fois les vaches lâchées dans les jardins, je me posterai sur le petit monticule, en face de leur repaire, et c'est de là que je ferai feu. Il faudra faire vite, parce qu'une fois le troupeau dans les potagers, on ne sait pas combien de temps ils vont mettre à réagir. Pas une éternité à mon avis. Alors toi tu resteras dans la sente, tu m'auras aidé pour les vaches, mais ensuite tu cours et tu gardes les chevaux jusqu'à mon retour. Tu entendras tirer, tu comprendras vite si j'ai eu le dessus ou non. Si tu penses que ça n'est pas le cas, laisse tout, prends juste ton cheval à toi, et va-t'en, il ne faut pas qu'ils te voient, ni qu'ils te rattrapent. Tu pars au grand galop et tu rentres dans ton pays, peu importe ce qui me sera arrivé.

Elle l'avait écouté sans avoir, cette fois, envie de faire de l'esprit, ni de le taquiner. Un instant, elle pensa qu'il valait mieux tout abandonner, consciente de la folie de leur entreprise, de toute cette rage qui l'avait menée là, à la veille de quelque chose qui la dépassait. Peut-être que Le Long aurait pu suffire, après tout. Son corps en sang, c'était une part de sa vengeance, ça valait pour la langue de son frère, et pour son visage écorché. Elle avait failli vomir lorsqu'ils l'avaient tué, Le Long. Et voilà qu'une nausée la reprenait à présent. Lui, seul, vieux et affaibli. Et les trois qui restaient. Des chiens de guerre, tous, lâchés sur eux s'il venait à les manquer. Elle s'imagina retourner chez elle, sans avoir livré bataille. Et alors ? Personne n'en saurait rien de toute façon, quoi qu'ils fissent désormais, personne. C'était pour elle tout ça, pour sa colère, qu'elle le faisait, pas pour Petit Charles : elle le comprenait bien, maintenant qu'elle avait imaginé Le Long étendu dans la boue, comme *L'Infernu* le lui avait vaguement décrit, ses yeux qui étaient ouverts mais ne disaient plus rien, son corps troué par les balles qui servirait de pitance à ses propres bêtes. Et ce vieux diable, il n'en avait pas assez ? Elle le regardait et comprenait qu'il avait déjà un pied chez les morts, qu'il le savait, et que ça ne changerait plus grand-chose pour lui si elle lui disait que tout s'arrêtait là. Qu'elle ne voulait même pas voir à quoi ressemblait Le Bigleux. Ni les autres. Il cherchait quoi, ce vieillard fou ? Il n'avait plus rien à lui prouver. Elle savait maintenant qui il était. Elle allait lui donner le reste des sous qu'il avait demandés, et qu'il disparaisse avec ses histoires et son passé, et les fantômes qui le faisaient parler, la nuit. Elle allait lui dire. Que tout ça ce n'était pas pour elle. Qu'elle lâchait l'affaire. Rentrer et oublier toutes ces choses atroces.

C'est normal d'avoir peur, dit *L'Infernu*. Mais on fera ce que tu voudras.

Et il s'était blotti plus près des flammes, serré dans sa couverture, et il ne l'avait plus regardée.

Alors c'était ça. Même lui n'y allait pas de si bon cœur. Elle essaya de lui dire quelque chose mais ses lèvres tremblaient et aucun son ne sortit de sa bouche. Voilà ce qu'on éprouve avant d'aller tuer des gens, c'est cette douleur dans le ventre, et ces tremblements qu'on n'arrive pas à contrôler. Elle mit ses mains devant elle, face aux flammes, et ses mains tremblaient elles aussi, convulsivement. Un court instant, elle oublia pourquoi elle regardait ses mains affolées, se surprenant à admirer ces mouvements étonnants que faisaient ces pattes noires qui palpitaient sur le fond incandescent des flammes. Cette décision qui, avait-il dit, n'appartenait qu'à elle, ce fardeau qu'il lui laissait, tel était peut-être son secret : n'être que l'instrument d'un mal qu'il ne commandait pas. N'être rien, au fond, sinon le dernier exécutant au bout d'une chaîne de haines qui n'étaient pas les siennes. Pas plus important que l'outil qui se remplace, un outil ça ne pense pas, et il y aura toujours un outil au bout du bras de l'homme qui a décidé de sa belle ouvrage. Décider. Celui-là seul qui décide, pensa-t-elle, porte à jamais le fardeau de ses choix. Et elle avait décidé, quant à elle, depuis trop longtemps.

Il faisait encore nuit lorsqu'il la sortit de sa torpeur. Le feu éteint, et lui debout et déjà prêt, planté dans ses bottes et débarbouillé, son chapeau bien mis et relevé sur le côté, comme quand il se faisait beau pour partir à la taverne. Il se tenait bien droit, au-dessus d'elle, et ne semblait plus avoir le mal en lui. Les hommes de guerre, pensa-t-elle, s'habillent élégamment pour le combat, et ils abandonnent leurs soucis pour la légende.

Debout, gamine, dit *L'Infernu*, nous avons un long trajet avant d'arriver chez les Santa Lucia. Rassemble tes affaires et mettons-nous en route.

Elle se leva donc, plus fraîche qu'elle ne l'aurait imaginé. Mais ses gestes étaient électriques, et elle sentait cette énergie bizarre qui la tenait. Ses nerfs à vif au matin de la bataille. Elle n'avait finalement rien décidé, laissant le destin s'accomplir, et maintenant elle était là, récupérant vivement tout ce qui traînait autour d'elle, châles ou gobelets, un peigne aussi, dans la poussière, ou dans des anfractuosités des roches contre lesquelles ils avaient dormi. Alors, prenant juste le temps d'un café réchauffé dans la braise, ils montèrent sur les chevaux dont ils avaient emmitouflé les fers avec du jute, pour ne pas être entendus de loin. Non, elle n'avait rien décidé, elle laissait faire la machine qu'était devenu son corps, elle la laissait exécuter seule et mécaniquement toutes les actions qui la rapprocheraient maintenant de ce dénouement ignominieux qu'elle n'avait su désavouer, et qui sans doute serait leur perte. Et ainsi l'instant de choisir une autre voie était passé.

Au matin de la bataille finale, ils remontèrent cette longue gorge où ils avaient passé la première partie de la nuit, suivant un sentier mal frayé qui disparaissait sous les aiguilles de pins. Leur petit convoi gravissait le sombre défilé, écrasé par un mur de falaises brunes d'où n'émergeaient que de rares buissons de bruyères, et quelques arbres tortueux qui avaient défié les équilibres du monde. Elle se disait qu'aucun homme n'avait jamais dû poser les mains sur ces parois sinon un homme aussi fou que vaniteux, pour y dénicher les petits des aigles. Au sommet de la gorge, ils trouvèrent un plateau et chevauchèrent en silence un bon moment au milieu des pins et des bruyères hautes, et, au saut d'une moraine, ils lancèrent les chevaux sur des dalles en granit, plates et gigantesques, et c'était comme s'ils traversaient une espèce de théâtre à ciel ouvert, dont les gradins eussent été les lisières des forêts et les chaos rocheux aux silhouettes étranges de géants pétrifiés.

En bordure du plateau, un vallon sinueux s'ouvrait à leurs pieds, et dans l'horizon lointain, des lueurs pâles commençaient à percer sur une étendue que l'on devinait être la mer. Ils entamèrent la descente, presque à la verticale, mais sans jamais mettre pied à terre, et les chevaux hésitaient à poser leurs sabots sur les saillies granitiques où on les poussait à s'engager. Des pierres roulaient de temps en temps, dévalant la pente en rebonds étonnants, jusqu'à ce que leur bruit s'étouffe dans les bosses que formaient le thym ou l'épine-vinette.

Au matin de la bataille finale, ils abandonnèrent les chevaux dans une clairière, et continuèrent à pied sous les chênes verts jusqu'à passer un coude dans le vallon sinueux, et ils rampèrent encore une certaine distance au pied d'un escarpement, protégés par les buissons de cistes, et jusqu'à ce qu'ils atteignent un domaine où on avait, dans le flanc de la montagne, muré une sorte de grotte pour la transformer en abri. Sur le même flanc de la montagne, un corral en pierres sèches avait été aménagé où l'on avait enfermé une douzaine de vaches sans doute razziées dans la plaine. Des hauteurs jaillissait un ruisseau, dévalant de roches en roches jusqu'à contourner l'enclos et la maison troglodyte, et se perdant en contrebas où un modeste potager avait été agencé.

Ils observèrent l'endroit un instant, postés sous les buissons, et quand *L'Infernu* parla, sa voix était à peine audible, quant à Vénérande, elle se contentait d'acquiescer de la tête en ouvrant grand les yeux, tel un enfant apeuré, mais soucieux de se montrer à la hauteur face à une tâche intimidante. Il se félicita que les Santa Lucia n'aient pas eu de chiens d'alerte, et suggéra qu'ils devaient toujours dormir, mais qu'on ne pouvait en être complètement certain. Puis il lui montra le monticule de rochers à l'opposé de l'abri.

C'est là que je serai pour les allumer, dit-il en cherchant à donner le moins d'écho possible à sa voix. J'ai besoin de toi pour les vaches : l'un de nous ouvre l'enclos, et l'autre, qui s'est glissé à l'intérieur, pousse les bêtes vers la sortie. Après, c'est mieux d'être à deux pour les diriger vers le bas, vers les jardins. Tu seras plus agile que moi, tu iras dans l'enclos. Moi, j'ai les fusils, je suis plus encombré, je m'occuperai de la barrière et je serai en surveillance. Ils peuvent nous entendre et sortir de leur tanière avant qu'on ait fini. Pour les bêtes, tu dis pas un mot, juste des tapes sur le flanc et la croupe, des poussées, et on les oriente du mieux qu'on peut vers les plantations. Dès qu'elles ont pris la bonne direction, tu déguerpis, et moi je monte me poster derrière les rochers. Là, je n'aurai pas besoin de toi pour ce qui reste à faire.

Le stratagème quasi obsessionnel de *L'Infernu*, celui qui lui garantirait la victoire, consistait à faire sortir les frères à découvert, et sans armes. Pour y parvenir, il s'était creusé la cervelle, et n'avait finalement pas trouvé mieux que de les forcer à empêcher les vaches de dévaster le jardin. Il se disait que dans la panique, et au réveil, ils se préoccuperaient moins de sortir armés, qu'ils seraient plus vulnérables, et qu'il aurait alors une chance d'en abattre un ou deux, voire les trois, avant d'essuyer un tir de riposte. Dès que la fille eut sauté dans le corral, il fit délicatement tomber les bois de protection des barrières, et s'écarta non sans mal pour laisser sortir le troupeau et lui empêcher l'accès vers les hauteurs et la forêt. Son corps recommençait à le faire souffrir, et, à chaque pas les élancements, dans son dos, dans ses jambes, se faisaient plus violents. À deux doigts de s'effondrer, broyé par la douleur et l'angoisse, il ne pouvait s'empêcher d'imaginer que les trois frères allaient sortir de leur maisonnette en pierres plus tôt que prévu, qu'ils allaient être surpris, lui et la fille, et se faire abattre comme des chiens sans avoir pu se défendre, et sans même que les Santa Lucia aient su pourquoi ils s'en étaient pris à eux. Ce qui, au fond, lui importait peu, car il n'avait aucune intention d'expliquer à ces crapules pourquoi il allait les tuer. Mais c'était par rapport à la fille. Si la mort devait la prendre en ces lieux, autant, se disait-il, qu'elle ait un sens. Autant qu'elle puisse cracher au visage des bourreaux de son frère avant de s'abandonner au néant. Lui n'aurait rien à leur raconter, de toute façon, sauf qu'il avait vieilli, et que s'il s'était senti mieux, en d'autres temps, les choses auraient pu connaître une autre issue.

La fille faisait maintenant tout le travail. Sans un mot elle dirigeait le bétail, le poussant de ses bras du mieux qu'elle pouvait, bousculant les bêtes les plus frêles afin qu'elles embarquent les autres dans leur sillage, et elle parvint à ses fins. Les vaches sortirent une à une de l'enclos et deux ou trois se débandèrent, mais voyant un homme qui barrait la route de la forêt, elles se dirigèrent sans attendre vers le bas du domaine, le ruisseau et son eau fraîche, et les potagers aux barrières ouvertes qui n'attendaient qu'elles. Lorsqu'elle fut sûre que sa tâche était accomplie, Vénérande rejoignit le vieux qui se tenait un peu plus haut, appuyé comme il pouvait sur un de ses fusils. Il comprit qu'il était en train de vaciller, que les douleurs insoutenables des jours précédents s'étaient réveillées. File, lui intima-t-il d'un mouvement des lèvres, avant de se remettre en mouvement au prix d'un effort surhumain pour atteindre le monticule rocheux où il pourrait se cacher et attendre la sortie de ses ennemis.

Elle le regarda quelques secondes, indécise, épouvantée. Elle esquissa un geste pour l'aider à marcher, mais son seul réflexe fut de la repousser et elle resta plantée en face de lui, prête à céder à la panique, à nouveau saisie de tremblements. Ils avaient fait tout ça, et, dans le jour qui se levait, ils avaient réussi à ouvrir l'enclos, et à lâcher les bêtes, et maintenant elle voyait qu'il n'en pouvait plus, qu'il n'était qu'un vieillard agonisant, qu'elle avait eu la folie de suivre, et d'emmener jusque-là, où ils étaient tous deux, au seuil de la maison de leurs ennemis, et ceux-ci allaient sortir, les surprendre, les tuer. Et son dernier jour allait arriver et elle n'était pas en paix avec Dieu. Ils étaient si près de réussir, et, plus probablement, si près de mourir, et il ne voulait pas qu'elle l'aide, quelques pas à faire seulement, un dernier effort, mais les autres n'allaient pas tarder à entendre des bruits inhabituels du côté des jardins. Et alors ce serait la fin et le vieillard ne pourrait pas la défendre.

Sentant son désarroi, il lui prit la main. Il serra son poignet de femme, tendrement, et il la regarda comme il aurait regardé sa fille, s'il en avait eu une. Si le destin avait fait de lui un autre homme. Elle était d'une pâleur effrayante. Et cette peur qu'il lisait maintenant dans chacun de ses traits, cette peur et cette vulnérabilité, ça la rendait plus belle qu'elle n'avait jamais été. Il lui serrait le poignet et il sentait comme elle tremblait, et elle aussi sentait à quel point la main de ce vieillard n'était pas assurée, combien elle était froide. Un contact qui la ramenait au monde, sans que les terreurs aient complètement disparu, mais vraiment avec lui, et cette fois ils étaient bien deux.

File, répéta-t-il. File, Vénérande, retourne aux chevaux, et ne t'inquiète pas, je vais y arriver.

Alors elle l'écouta, elle écouta son instinct, sa terreur, et se hâta de rejoindre les buissons et la forêt, et, tout en s'enfuyant, elle se retourna, et elle voyait l'homme qu'elle avait payé pour tuer d'autres hommes, mais qui peut-être n'en étaient pas vraiment, elle le voyait qui gravissait péniblement, essoufflé et brisé, le flanc de la montagne, il allait vers le monticule de rochers où il allait livrer son dernier combat, le combat de toute une vie.

Au matin de la bataille finale, *L'Infernu* posa deux fusils déjà chargés de poudre et de plomb sur la pierre qui le protégeait, et sur laquelle il pourrait s'appuyer pour viser les hommes qui n'allaient pas tarder à sortir face à lui. Il posa aussi sur le sol, à sa droite, un pistolet de marine, et il savait qu'il n'aurait en tout que trois balles à tirer car on ne lui laisserait jamais le temps de recharger. Il regretta de ne pas avoir une hache, ou un sabre, seulement ce poignard à sa ceinture, inefficace, mais il se convainquit tout aussitôt que le combat au corps-à-corps lui eût été fatal, et qu'il était préférable que les choses se passent ainsi. Au matin de cette dernière bataille, il pria pour que la fille ait pu atteindre les chevaux, puis le plateau aux grandes dalles plates et aux statues étranges avant que tout ne soit consommé. Maintenant il était seul, plus seul qu'il n'avait jamais été, et son corps en souffrance, son esprit embué par la fièvre lui disaient encore plus cette solitude, et l'emmenaient jusqu'aux portes de ce précipice que l'on nomme délire. Alors dans ce songe, dans cette rêverie hallucinée de celui qui s'apprête à regarder les ombres, il vit ses anciens compagnons d'armes, il vit Poli et Antomarchi, les grands capitaines avec qui il avait servi, eux qui avaient été ses frères et ses amis, et un instant, un court instant avant que la porte de l'abri en pierres sèches ne vînt à s'ouvrir, il crut qu'ils étaient là avec lui, magnifiques de désinvolture, et qu'ils allaient de nouveau affronter ensemble leurs ennemis de toujours.

18

Je ne t'ai pas dit, fille, comment tout a commencé. Je ne t'ai pas raconté l'enfant que j'étais. Mais à vrai dire, l'enfant que j'étais, je ne m'en souviens plus. Mes souvenirs remontent vers un village pouilleux, dans les hautes terres, vers la terreur que m'inspirait cet homme qui était mon père, et dont je ne me rappelle pas le son de la voix. Comme si le temps l'avait effacée. Non. Je me souviens des coups et des injures. Je sais qu'il y avait ça, dans une autre vie. Je me souviens aussi des enfants, nous jouions à la guerre, mais à quoi aurions-nous joué d'autre? Nous étions petits lorsque montèrent les colonnes infernales. Des hommes avec des uniformes bleus, déjà, et des shakos en forme de cônes, ils poussaient le bétail et l'éventraient avec leurs baïonnettes, ils investissaient des maisons et en sortaient de jeunes gens qu'ils tiraient par les cheveux. Les femmes et les hommes réunis sur la place du village, avec nous qui étions à peine en âge de comprendre, et des soldats partout qui étaient le mal, et qui faisaient le mal, et qui nous encadraient et qui braillaient des ordres de haine. Des malheureux qui étaient attachés et qui attendaient que le goudron soit suffisamment chaud pour connaître le chant des anges. Les hommes en bleu leur renversaient le goudron bouillant sur la tête, et on entendait des cris qui nous fendaient l'âme. Après, quand le goudron refroidissait, et que les suppliciés n'étaient plus qu'à demi conscients, les bourreaux tiraient d'un coup sec, et le masque emportait ce qu'il emportait. Je revois ça, des fois, comme dans un cauchemar, et c'est comme si le diable s'accrochait à moi et voulait me forcer à regarder les crânes décharnés, et puis à revoir également, si j'avais pu les oublier, les types qui se balançaient au bout des cordes quand les soldats repartaient. Ils étaient pendus aux châtaigniers, deux ou trois, et ils tournaient sur eux-mêmes au gré du vent, et les gens attendaient longtemps, que la troupe se soit éloignée avant de les décrocher.

Je me souviens aussi de cette femme qui était ma mère, et qui, en ces temps où le malheur était partout, faisait ce qu'elle pouvait. Ni une sainte ni non plus une sorcière, même si elle croyait beaucoup aux sorcières et nous faisait cracher sur la tête par les vieilles du village. Elles faisaient ça, afin d'attirer sur nous le meilleur sort possible, meilleur en tout cas que celui des malheureux dont j'ai parlé plus haut, et qui avaient connu le goudron. Ma mère, je ne sais pas si je l'aimais, je ne sais pas si elle méritait d'être aimée. Je la revois juste qui courait avec des paniers à linge, un sac d'os, qui se plaignait de tous les maux, je la revois qui brûlait les soies des porcs à l'immortelle, un couteau à la main, des mouvements nerveux de demi-folle, et qui se plaignait de son labeur mais ne demandait pas où était son mari, je la revois qui nous faisait nous lever des caisses en bois où nous avions dormi, et qui se plaignait d'être seule de si bon matin, à l'heure où il fallait nourrir la chèvre, et descendre aux jardins pour sarcler les pommes de terre. Je revois les matins d'hiver, et le froid qui paralysait le pays, et les hommes et les bêtes, et le givre ou la neige qui recouvraient les sentes. Je revois un gueux du village, on lui donnait tous les surnoms les plus méprisables, il était un peu simplet, plus pauvre, encore que nous le fussions tous, en fait, et je revois quand ils l'ont tiré par les pieds, pour le sortir du four à pain où il avait passé la nuit, et où il était mort de froid.

Mon père baisait des filles dans les bergeries, c'était là qu'il passait le plus clair de son temps, loin dans les hauteurs. On lui apportait des musettes avec mes frères, mais on attendait qu'il ait eu fini, et on l'épiait comme des renards en craignant qu'il ne se rende compte de notre présence. C'était des filles du village, et d'autres qui transhumaient et qui passaient par là, sans doute au courant qu'elles allaient s'y faire baiser. C'est à ça qu'était voué le peu d'argent qu'on possédait. Ou à disparaître dans des paris avec les autres bergers. Ils pariaient sur tout, sur le sort des cartes, sur la santé des nouveau-nés, sur la mire d'un fusil, sur le poids d'une génisse, ou sur le temps qu'il allait faire. On lui apportait ses repas et il demandait si tout allait bien au village, et il faisait le père pendant un court instant, puis il fulminait contre ce qu'il trouvait dans la musette, jurait contre notre salope de mère, avant de nous accabler de corvées et, comme nous n'étions pas habiles, il nous fracassait la tête. Après, nous repartions au village, et nous fermions nos gueules. Sur les roustes et les filles, sur tout ce qu'on voyait. Et nous jouions à la guerre et nous nous battions, parce que les coups qu'on a reçus, il faut bien qu'on les rende un jour à quelqu'un.

Une fois, en redescendant des bergeries, on a croisé un gosse qui faisait chemin inverse, et qui s'en allait seul faire ce que nous faisions à plusieurs, ravitailler les adultes. Un gamin petit et tondu à cause des poux, tout moche. Les dents noires qui manquaient de sucre. C'est mon frère aîné qui l'a pris par le col, parce qu'il était vraiment trop malingre, et qu'il faisait honte à voir, et d'abord il s'est juste moqué de lui. Le petit, il pleurait, alors mon frère il lui a mis un grand coup de pied dans les couilles, le plus fort qu'il pouvait en prenant son élan, et il les lui a éclatées. On l'a laissé là, le visage violet et les yeux retournés, et la bave qui lui coulait de la bouche, comme sur le point de crever. Il tremblait de tous ses membres, comme quelqu'un qui va mourir, et comme on en était sûrs, on s'est tous enfuis mais on n'en menait pas large. Notre père a débarqué deux nuits plus tard à la maison, il nous a sortis des paillasses, à coups de poing, à coups de pied, il hurlait et il avait un bâton de bois gras à la main, et il tapait sur tout ce qui bougeait. Notre mère a essayé de se mettre en travers, mais il lui a cassé les dents avec son coude, et il s'est rué sur nous. Il disait que le gosse allait vivre, mais qu'il serait eunuque à vie, qu'on l'avait ruiné, qu'il allait devoir payer au prix fort pour nos agissements d'aliénés. Il nous a sortis dehors, avec le gourdin qu'il avait à la main, et des gens étaient là, le père et les cousins du petit gosse malingre, et ils attendaient vraisemblablement quelque chose de notre père, dont ils avaient dû parler. On a tous pris, ce soir-là, la pire raclée de notre vie, mais le coupable, le gamin l'avait désigné, alors mon père l'a écrasé sous ses pieds, mon frère aîné, et il lui a cassé les bras avec le gourdin, et il lui a pilonné les mâchoires sans écouter les cris qu'il poussait, et frappé et frappé sans écouter ses supplications, jusqu'à ce qu'il soit complètement en sang. Et quand ça a été fini, et que mon frère, disloqué sous le poids de la justice qui avait été rendue, a perdu connaissance, les parents de l'autre gamin, celui qui avait été castré, sont repartis chez eux en silence, à la lueur des torches. Et mon père aussi a disparu, et il nous a laissés avec notre mère qui hurlait et enlaçait mon frère dont le visage était méconnaissable. Il a remarché, par la suite, mais il n'a jamais plus parlé comme il devait, et il ne voyait plus d'un œil, mais il s'est remis plus ou moins, avec le temps. Et il a vécu, même si ses bras avaient des angles bizarres qui nous faisaient tous rigoler. Il a vécu et je pense qu'il devait s'estimer heureux malgré tout. Si notre père, qui avait aussi perdu beaucoup de bêtes dans cette affaire, n'avait pas fait ça, le tabasser jusqu'à le laisser éclopé et amoindri, le père du gosse aurait tué mon frère aîné sans aucun doute possible, et la guerre s'en serait suivie, inévitable, toutes les familles en guerre à tour de rôle, et des morts qui seraient tombés pour rien et sans même avoir pris fait et cause pour les uns ou les autres. Je n'aimais pas trop mon père, déjà, et je lui en voulais pour des tas de bonnes raisons, mais cette fois-là, je pense qu'il a fait juste ce qu'il a pu, et ce qu'il devait pour éviter la mort à son crétin de fils, et à nous tous certainement, par-dessus le marché.

J'ai grandi et les choses n'avaient pas beaucoup changé. Sauf que j'étais plus souvent avec mon père

aux bergeries, et que ça allait de plus en plus mal
entre lui et moi, et mes frères aussi, mais je ne dirais
pas que nous étions tous contre lui, je dirais plutôt
que nous étions les atomes éparpillés d'un même
corps. Mes frères ne m'intéressaient pas, en fait, et
ma mère était de plus en plus dépassée. Notre village n'avait plus connu de colonnes infernales, mais
nous entendions parler de ce qui se passait derrière
les montagnes, dans d'autres vallées. Une région
entière s'était soulevée, même les femmes avaient
été armées, et des soldats avaient été tués. Ce n'était
plus les soldats de l'Empire, mais ceux du Roy qui
était revenu et qui nous envoyait ses hordes pour
pacifier les campagnes – pour nous civiliser, comme
disaient les préfets. Empire ou royauté, à vrai dire ça
ne changeait pas grand-chose. La seule chose qu'on
voyait c'était que ces soldats-là ne nous aimaient pas
beaucoup. Ils débarquaient et ils nous hurlaient dessus, dormaient dans les maisons après en avoir chassé
et molesté les habitants, ils vivaient de notre bétail,
regardaient tout le monde de haut et se servaient. Il
n'y avait pas que les biens qui les intéressaient. Les
gens aussi. Des femmes, parfois, qu'ils prenaient de
force, et d'autres aussi qu'ils payaient, il faut dire la
vérité, car la pauvreté engendre son lot d'arrange-
ments avec l'infamie. Si on leur résistait, ils pouvaient
tuer, pendre, comme je l'ai dit, et s'en aller en brû-
lant les champs et les bergeries ou les étables. Je ne
vais pas raconter d'histoires, je ne vais pas dire que
nous faisions de la politique, et que nous avions la
conscience des peuples qui s'éveillent à leur destinée.
Je ne vais pas le dire parce que ce ne serait pas vrai.
Ils étaient eux et nous étions nous. Tout simplement.
Et, entre eux et nous, il n'y avait qu'un fleuve de sang

et de haine, et l'incompréhension la plus profonde. Et aussi la soumission la plus abjecte. Nous savions qu'ils nous détestaient, et nous les détestions tout autant. Voilà ce qu'étaient les choses, et je crois bien qu'elles étaient ainsi depuis toujours, je veux dire depuis le jour où des troupes semblables à celles-ci étaient arrivées chez nous.

Alors vint le temps des conscriptions. Du tirage au sort. Les mêmes soldats qui étaient venus égorger et piller venaient maintenant dans tous les villages pour enrôler des hommes, pour qu'ils partent à la guerre, pour qu'ils revêtent un uniforme qu'ils avaient appris à vomir depuis l'enfance. Six ans de services, avec la possibilité, pour les plus riches, de payer pour ne pas partir, à la condition qu'un plus misérable ait pris leur place. Le feu couvait partout. Les familles ne subsistaient que difficilement, grâce à la force de travail des hommes les plus jeunes, ceux qu'on désignait pour revêtir l'uniforme. Rien de tout ça ne pouvait fonctionner, et aller de soi. Quand un homme partait, la misère et l'angoisse s'emparaient de son foyer. Les femmes et les vieillards abandonnés devenaient des proies faciles. Les plus opulents, et les plus sournois, imposaient leur empire aux plus exposés, aux plus faibles. Nos villages devenaient des lieux de désolation et de désespoir, l'injustice régnait au coin de chacune de leurs ruelles. Et alors ils sont venus, un matin, alors que nous étions en train de travailler au battage avec mon père, et mon destin a basculé.

Il y avait là une vingtaine d'hommes, à cheval, et je distinguais mal leur capitaine, à cause du soleil que

j'avais dans les yeux. Je pensais que c'étaient des gendarmes, parce que certains en portaient l'uniforme,
et puis parce que j'étais stupide et ignorant. Il suffisait d'ouvrir les yeux pour voir que ces uniformes
étaient rapiécés aux endroits où des balles les avaient
percés, il suffisait d'un peu de bon sens pour remarquer l'accoutrement hétéroclite de cette compagnie,
qui portant la veste de chasse du pays, qui en chemise ouverte jusqu'à la ceinture, et comprendre que
ceux-là étaient les nôtres, et pas des soldats étrangers.
Le capitaine ne m'adressa pas la parole, mais lorsque
le soleil s'effaça derrière ma main que j'avais mise en
protection je vis à quoi il ressemblait, et je peux dire
que jamais je n'avais vu quelqu'un qui en imposait
avec un tel naturel. Je le revois encore, le visage fin
et creusé, avec son sombre regard d'aigle, sa barbe
noire et ses longs cheveux qu'il tressait à l'ancienne
mode, sur un côté, et je ne vis d'ailleurs jamais plus
personne qui se coiffât de la sorte, dans sa tunique
impeccable de drap marron aux revers noirs à gros
boutons, le corps sanglé de deux bretelles de fusils
et d'une gourde sculptée. Je connaîtrais plus tard
les motifs qui y étaient gravés : un homme et une
femme semblant s'attirer sur une face, et, de l'autre
un cerf en fuite et sa propre signature. Il portait en
outre des pistolets qui étaient enfoncés dans une
large ceinture en cuir, et des jambières noires comme
le jais lui montaient à mi-cuisse. Théodore Poli lui-
même, jusque-là rien qu'un nom, un fantôme que
l'on évoquait, pas encore tout à fait un héros, mais
voué à le devenir, c'était donc lui le capitaine en face
de moi, me surplombant sur son cheval, appuyé sur
le pommeau d'une selle cloutée. Il me regarda un
instant, plutôt amical, mais toujours sans mot dire,

avant de lâcher entre ses dents un jet de salive. Puis il éperonna doucement son cheval pour se remettre en route avec un dernier clin d'œil pour me saluer. Mon père, qui était en retrait, baissa la tête et se découvrit au passage de la troupe. Les hommes défilaient en silence derrière leur chef, certains portaient un vieil uniforme des Rangers, et cela devait vouloir dire qu'ils avaient servi pour les Britanniques, dans le régiment patriotique qui venait d'être dissous à Corfou. Un jeune porte-enseigne passa devant moi, laissant négligemment peser sur son épaule le drapeau vert de la rébellion au centre duquel trônait une vierge immaculée entourée de tritons brodés tenant des masses d'arme, et j'en fus comme hypnotisé. Le dernier cavalier de la file, un colosse au crâne rasé et à la barbe de ce blond de Venise qu'ont certains hommes de l'intérieur des terres, me toisa d'un air farouche, puis il suivit ses compagnons. J'étais en ébullition, en pleine confusion même, je ne savais que dire ou que penser. C'est alors que, pendant que les insurgés prenaient le chemin des crêtes, le colosse fit faire demi-tour à sa monture et revint vers moi au trot sur sa jument splendide. Je suis *Saetta*, me dit-il, et nous sommes en marche contre nos ennemis. Bientôt les gendarmes arriveront dans ton village, et il te faudra tirer un numéro. Tu es pauvre, tu les suivras, parce que tu n'auras pas le choix, et tu ne seras jamais plus un homme libre.

Il repartit tout aussitôt au galop, pour rattraper sa bande qui avait pris de l'avance. Et moi je restai là, mon fléau à la main, à les regarder disparaître dans l'horizon d'azur, le regard perdu. Emportés comme par une tornade, eux. Et moi, là, comme un idiot, un paysan pauvre et sans avenir, tandis que ces hommes entrant dans les forêts éloignaient de moi la seule vraie bannière qui eût jamais mérité qu'on la regardât. J'entendais, dans mon dos, mon père m'intimer en grommelant de me remettre sur-le-champ au travail, ses invectives habituelles, ces mots de mon avilissement et c'est alors que j'ai décidé ne plus jamais entendre cette voix résonner dans ma tête, et lui ai balancé mon fléau en travers de la gueule. Oui, avant de prendre la clé des champs, avant de me mettre à courir comme un dératé pour rejoindre la troupe qui s'enfonçait dans les montagnes, j'ai quand même eu la présence d'esprit de régler un vieux compte avec l'enflure et le pochtron qui m'avait servi jusque-là de père, de maître et de tortionnaire à ses heures. Et pendant qu'il se tenait sans doute la mâchoire en comptant les dents qui lui restaient, je suis parti à travers la campagne, sans regret, pour me joindre à l'armée des insoumis, l'armée de Théodore Poli.

19

Comme dans un rêve. Son corps qui le lance et sa
conscience là et ailleurs. Une sorte d'autre dimension où son enveloppe mortelle est comme distordue
à la tenaille. Et son esprit en lutte contre les souffrances qui veut s'envoler et trouver un refuge qui
n'existe pas. Le premier à se jeter à l'extérieur a été
la demi-giclure, le plus jeune des frères. Un avorton
en chemise, un microcéphale au crâne rasé. Le sale
gosse qui n'obéit qu'à ses impulsions. Les vaches en
contrebas, les barrières à terre, il fonce et ne réfléchit pas. Il aurait pu le tuer, déjà, mais la douleur, la
vision qui se trouble. Le temps de voir que les deux
autres frères ont également émergé, comme sortant
des brumes. Armés tous deux, et scrutant les alentours. Plus méfiants que le jeune abruti. Les mots
échangés face à l'enclos ouvert, une bizarrerie qui
ne passe pas. Le Bigleux à demi protégé maintenant
dans l'encadrement de la porte, prêt à se replier,
pendant que le gros joue les matamores, livrant son
torse aux étendues rocheuses face à lui, dans un geste
de défi, pareil à un enfant qui joue à se faire peur.
Deux armés et le jeune qui court après le bétail : un
plan réalisé au tiers, aucun espoir d'avoir une meilleure fortune. *L'Infernu* ajusta Le Bigleux. Tuer le

chef pour affaiblir l'ennemi. Le coup partit comme dans un songe. Il vit l'homme à l'œil violet tomber sur le seuil de la cabane en pierres, tenant toujours son fusil, puis rampant sur le sol et faisant une volte sur lui-même pour essayer de se mettre à l'abri, sans y parvenir. Un râle, déjà, pas d'agonisant, mais de grande souffrance. Des chairs déchirées, brûlées par le plomb et la bourre en feu. Sans doute un organe perforé, ou touché. Et lui-même à deux doigts de tout lâcher, de s'abandonner à sa propre douleur. De se laisser choir et qu'ils l'achèvent, qu'on en finisse. Il sait que Dieu l'a touché à un endroit, pour qu'il souffre et qu'il paye. Un sifflement à ses oreilles. Le Gros a riposté, puis il s'est jeté derrière un muret, et il comprend qu'il recharge déjà. Il est découvert, trahi par le premier tir. La fuite impossible, désormais, et le plan déjà plus ou moins mal parti. Tuer l'abruti au crâne rasé avant que le Gros n'ait rechargé. Il a pris le second fusil et visé en direction du jardin. Il voit le jeune courir en chemise au milieu des plantations, cherchant lui aussi à s'abriter. Il le tire comme un sanglier au passage, loin, un tir improbable, d'instinct, et le jeune comme cassé en deux, foudroyé en plein élan, roulant sur lui-même. La bête qui ne remue plus que par les nerfs. La jambe électrisée qui fouille la terre. Les mains du jeune sur sa poitrine explosée. Un hurlement qui se brise dans un soufflement rauque. Un bruit de course dans les rochers, qui le ramène à la réalité. Il tourne la tête et aperçoit le Gros qui cavale vers lui, la bave aux lèvres, ses cheveux noirs et frisés qui lui donnent un air de taureau sauvage. Il n'a pas rechargé, ou bien la rage l'a submergé. D'avoir vu les deux frères au sol, et il charge comme un vieil aurochs.

L'Infernu a pris le pistolet à poudre, il a attendu que le Gros soit presque venu à lui, pensant que dans la dernière montée il serait plus vulnérable. L'autre comme un animal déchaîné, le ventre contre la paroi rocheuse, des pierres qui roulent pendant son ascension. Le coup qui part seul sans avoir pu viser. Arme défectueuse, comme souvent les vieilles pétoires d'ordonnance. Et la vue qui se brouille définitivement, comme le jugement. Le triomphe de l'ennemi et du mal en lui. Il voit comme une ombre qui franchit le dernier obstacle, le parapet de pierre qui le protège il sent le choc, violent, ce poids sur lui, sa tête éclatée contre le sol. Le Gros est sur lui et le terrasse. Le poids et le souffle de son adversaire, et le bruit sourd des coups dans son visage, qui résonnent étrangement, une sorte de gong venu du lointain. Il va me tuer, entendu dans sa conscience, un bref éclair de lucidité au milieu de l'abandon, du désastre. Il revoit un visage du passé, un Russe oublié qui lui tape sur le crâne, pareil. Il se croit revenu à cet instant. Tout ce qu'il a vécu par la suite n'a pas existé. Il est mort dans une taverne de Terre Ferme, des années auparavant, le reste il l'a imaginé, il n'a pas été cet homme nommé *L'Infernu*, il n'a jamais mis les pieds dans cette vallée des trois frères, il n'a jamais eu aucun répit, et maintenant le Russe va le tuer.

La tête du Gros qui explose, tirée à bout portant, par-derrière. Une gerbe de sang qui illumine la clarté du ciel, et les coups qui s'arrêtent de pleuvoir. Il bascule sur son ennemi, de tout son poids. Et c'est fini. La fille qui était revenue. Elle dégagea le corps effondré sur le vieil homme et qui l'étouffait, et elle-même avait le souffle court et elle tremblait de tout son être.

Elle était revenue et elle avait saisi l'arme que le Gros n'avait pas fini de recharger, derrière le muret. *L'Infernu* en train de se faire massacrer. Elle avait pris le fusil, enlevé la tige du canon, tapé contre une pierre pour extirper la poudre, ramassé la poire et la cartouchière, rechargé dans la précipitation, d'abord la poudre, puis la bourre, et une grosse balle en plomb, et elle avait couru comme une folle. Sauver le vieillard. Elle avait ajusté la saloperie d'assassin, juste là derrière le crâne, et tiré. Sans y croire, persuadée que l'homme allait se retourner, comme si la balle ne lui avait fait aucun effet, et qu'il allait lui faire terriblement mal et la détruire. Mais la tête avait explosé, et le combat était fini. Oui, elle avait fui et, comme il le lui avait dit, elle avait attendu là où étaient les chevaux, prête à déserter. Et puis elle n'avait pas pu. Elle savait qu'il n'y arriverait pas, au fond d'elle-même elle le savait. Un baroud d'honneur qu'il s'offrait, un moyen d'en finir. Il n'y croyait plus et il voulait mourir. Pour lui, mais pour elle aussi. En le forçant à venir jusqu'ici, elle lui avait donné la possibilité de sa fin. Mais ce n'était pas juste : c'était sa folie à elle, sa haine à elle, qu'il allait payer. Les premiers coups de feu, la riposte. Ils allaient le tuer, et il n'était plus *L'Infernu*. Seulement un homme qui jadis avait été un guerrier, et qu'elle avait mené à l'abattoir. Alors, elle était revenue.

Elle se pencha sur lui et approcha son visage tremblant de sa bouche. Il était en sang, les arcades massacrées. Elle lui parla, essaya de réveiller ce qui sommeillait en lui de vie, un dernier souffle. Elle l'agrippait au col et elle lui parlait, et sa voix s'étranglait. Et puis il entrouvrit un œil. Il répondit. Mais ce qu'il lui dit lui glaça le sang.

Ça n'est pas fini, petite. Le jeune est mort, en bas. Mais Le Bigleux, je l'ai raté. Il est dans la bergerie, blessé. Fais attention.

Le retour à l'effroi. Elle, dans la vallée encaissée, et le monstre tapi dans son antre, et qui l'attend. Halète d'impatience. *L'Infernu* ne se relèvera pas, il a fait plus que ce qu'il pouvait. Et maintenant c'est à elle. C'est à elle d'y aller et d'affronter sa peur. Une peur qui a le regard étrange d'un ennemi irréductible et qui ne veut pas mourir. Le vieil homme a fait un effort surhumain pour se saisir de ce qu'il a à la ceinture et lui tend maintenant un poignard dont la lame affûtée scintille dangereusement.

Il faut que tu le fasses, Vénérande. Il faut que tu y ailles.

La terreur en elle. Il lui prend le visage entre ses mains qui n'en peuvent plus. Il serre et la regarde dans les yeux, et c'est le dernier effort qu'il peut faire, essayer de lui transmettre ce en quoi il a toujours cru, la seule chose qui l'ait jamais porté, la foi démente des combats. La détermination irraisonnée face à la mort. Braver les enfers, et marcher au milieu des flammes comme le ferait un spectre. Elle a le regard halluciné, des larmes aux yeux qui ne veulent pas jaillir. Il la fixe obstinément et elle lit en lui toute la confiance dont elle est dépositaire. Ne faillis pas maintenant. Plus tard si tu veux. Tu prendras même le temps de t'arrêter. Et de mourir. Mais plus tard. Alors Vénérande a rechargé le pistolet qui gisait dans les rocailles, elle s'est emparée du poignard et elle est sortie de l'abri rocheux où *L'Infernu* agonise.

Elle s'est approchée de la cabane, retenant son souffle, et elle voit que du seuil part une traînée de sang qui se glisse vers l'intérieur tel un serpent répugnant. Vénérande, une arme dans chaque main, cheveux lâchés collés à son front dans la fièvre de la tuerie qui la soutient. Un pas après l'autre, comme si elle se voyait agir de l'extérieur, fantôme implacable apportant le néant. Des rochers à l'abri, cette distance, comme une marche funèbre, un pas après l'autre, et peut-être les derniers pas d'une vie passée à côtoyer la mort, et à s'en abreuver. Prête à défaillir, à tomber à genoux, à arrêter ce massacre, prête à renoncer maintenant, à dire non à ce destin lamentable, à l'affrontement inutile, à l'orgueil, et à l'horreur des caveaux à ciel ouvert. Vivre. Revenir en arrière. Mais la porte de l'abri maintenant face à elle, et le sang du Bigleux qui s'est traîné sur le sol, et la pénombre à l'intérieur, et cette présence qui semble rôder, et l'attendre, et la tirer vers les limbes.

Elle l'entendit. Il respirait, comme un animal, quelque part dans l'obscurité de l'abri en pierre. Sous le toit de bardeaux en bois de pin où ne perçait aucun rayon de lumière. Le gisant, sans doute prêt à bondir et à l'assaillir, n'ayant plus aucun autre choix que de la détruire s'il voulait poursuivre sa précieuse agonie. Ses derniers instants, tenus par le seul venin de la haine et du combat. Lutter et vaincre ne serait-ce que pour quelques ultimes souffles de vie. Et elle avait pénétré dans l'abri, sans même y penser, comme un automate qui suit la voie qui est la sienne, et le noir total et angoissant l'enveloppait de sa moiteur sordide. Elle se figea, pour écouter, pétrifiée par la peur du coup qui viendrait de nulle part.

Du choc ultime et douloureux qui allait la terrasser. Et qui ne venait pas. Dans le silence de l'obscurité, la respiration de l'autre, dans un coin de la cabane où sa vue se perdait, qui allait fondre sur elle à la seconde, surgissant de ce néant, et la foudroyer sans qu'elle ne revoie la lumière du jour. Par réflexe, elle leva le pistolet et fit feu en direction du souffle animal. La balle frappa seulement la paroi d'un mur, une étincelle éclaira la pièce, le temps de savoir qu'elle venait de rater sa cible. Mais qu'il était là, Le Bigleux, à deux pas d'où elle avait tiré. Le temps de l'apercevoir, allongé et recroquevillé sur le canon de son fusil, son regard bleu et violet de démon, gisant dans son sang visqueux, désormais incapable de faire front, le visage crispé. Puis, de nouveau et aussitôt – la pénombre. Et l'odeur de poudre du pistolet. Et la possibilité qu'il ne puise de nouvelles forces au cœur de ces ténèbres. Alors elle se jeta sur lui, l'agrippa par les habits, les cheveux, sentit les mains du Bigleux qui se refermaient misérablement sur ses avant-bras, qui tentaient de résister. Elle y mit toutes ses forces, le tira comme un quartier de viande vers l'entrée de la cabane, le seul endroit où se dessinait sur le sol un croissant de jour. Elle le traîna de toute sa rage, et lui colla enfin le visage contre la terre, dans ce dernier rayon de lumière qu'il ne verrait jamais. De son ventre perforé jaillissaient un gros boyau et un liquide noir nauséabond. La balle de *L'Infernu*, qui ne l'avait pas vraiment manqué. Il tenait d'une main sa blessure, pathétique, et il essayait d'agripper le bras qui le terrassait de l'autre. Ses yeux de reptile avaient déjà un aspect vitreux et écœurant. Il la regardait comme il pouvait, dans l'espoir que la haine de son regard aurait la puissance des balles.

Mais il rencontra un regard encore plus mauvais et implacable que le sien. Un regard qui disait tout ce qu'il allait payer, de ses actions passées, et de ce qu'il avait semé de désastreux et d'inéluctable. Ce qu'il allait payer pour toutes les vies anéanties, et pour ce que le futur devrait encore charrier et lui devoir. Il rencontra ce regard qui disait une folie encore plus grande que la sienne, et la terreur supplanta en lui la souffrance que son ventre déchiré lui causait. Elle se redressa juste un instant, juste pour assurer son mouvement, et poser un pied sur la tête du Bigleux, afin de l'écraser au sol et découvrir son cou râpeux et buriné. Puis elle se baissa, et lui enfonça la pointe du poignard dans la gorge, appuyant pour que la lame pénètre bien avant de lui imprimer une tor-sion pendant qu'il gémissait comme une pucelle, et d'entamer précautionneusement un mouvement de va-et-vient du poignard, afin de scier la chair, pour qu'il ait le temps de bien déguster le tranchant de la lame dans sa propre viande, et de comprendre tout ce qui lui arrivait, et comment il mourait. Il cessa de gémir avant d'être mort, alors elle lui ouvrit com-plètement la gorge, changeant de position afin de taillader encore, jusqu'à l'os, et ne s'interrompit que lorsqu'elle le sentit contre le tranchant. Alors elle se releva. Regarda quelques instants le corps sans vie, à moitié dans la pénombre, et la tête qui était dans la lumière du jour et se détachait du corps en décrivant le plus inhabituel et le plus abject des angles. Elle ne pensait à rien, ni à Petit Charles, qu'elle semblait ne plus avoir revu depuis des années, ni à *L'Infernu* dans les rochers et qui n'était peut-être déjà plus de ce monde, ni à elle et à ce que serait maintenant sa vie, elle ne pensait à rien et elle regardait Le Bigleux figé dans la ridicule posture de sa mort, elle ne pensait à rien, submergée par un immense sentiment de dégoût qu'elle pressentait ineffaçable. Elle jeta le poignard et se retourna pour ne plus voir ce que ses yeux voyaient. Et elle sortit de la tanière infâme.

20

Rappelle-toi, Vénérande, comment tout a commencé. Souviens-toi de moi en mes plus belles heures, de ce que je t'ai dit, de qui j'étais. Garde de moi cette seule image, moi qui marchais dans l'insouciance, les soldats de notre liberté chantant à mes côtés, et notre capitaine qui guidait notre espoir. Ils écriront ce qu'ils voudront, jeune fille, et ils nous oublie-ront, parce que l'oubli rassure toujours les vaincus, mais la seule chose à écrire, c'est que nous étions l'armée du peuple, et qu'après nous il n'y eut plus jamais personne.

Il reste si peu de temps pour que tu m'entendes. Et peut-être pour que tu comprennes. Quoi ? La cause qui était la mienne ? Elle n'a aucune importance, fille, aucune importance. Comprends juste ce che-min, et ces errances qui furent les miennes. Com-prends ce qui me tourmente, et ce que je porte en moi. Nous marchions dans l'insouciance, je t'ai dit, mais nous charriions des démons de haine et de sang qui nous avaient saisis dès le berceau. Il fallait bien que les fusils en viennent à cracher le feu. Il fallait bien qu'un jour nous retournions nos armes contre quelqu'un, ou quelque chose. Et lorsque l'étendard

fut à terre, lorsque l'espoir fut mort, les fusils ne pouvaient s'arrêter de cracher, et nos chemins de mort
devaient s'accomplir, malgré tout. Et rien d'autre ne
nous fut jamais proposé. Peut-être les choses sont-
elles aussi simples. Peut-être que des choix, au fond,
il n'y en avait pas. De quelle pâte sommes-nous faits?
De quelle matière? Nous sommes malléables, et
nous sommes éphémères, et si nous croyons décider,
si nous pensons que ce fil du temps et de nos vies
nous le choisissons, il ne nous reste plus qu'à nous
retourner, et à contempler ces arbres où des pendus
tournoient au gré du vent, accusateurs, il ne nous
reste qu'à regarder ces étendues, où gisent les stupides cadavres des batailles, il ne nous reste plus qu'à
entrevoir, de nouveau, cette anxiété qu'on éprouve,
quotidiennement, lorsqu'on attend que frappe l'ennemi invisible, sur les chemins de la nuit.

Je me souviens du premier combat. Une caserne
assiégée, des gendarmes désespérés qui tiraient depuis
les lucarnes, et les cris des hommes qui montaient
à l'assaut. Les brasiers allumés contre les façades du
bâtiment, pour que le feu ouvre des brèches, pour
que la fumée vienne enfin à bout de la résistance
des assiégés. Le village à côté dont les fenêtres aux
volets clos semblaient se détourner de nous, et cette
incompréhension, déjà, notre incrédulité face à tant
de désapprobation. Je sais aujourd'hui que ces gens
n'en pouvaient plus, tout simplement, qu'ils avaient
connu trop de tragédies, et qu'ils ne croyaient plus
en rien. Nous rêvions qu'ils nous viennent en aide,
et nous étions déjà pour eux des étrangers, autant
que les gendarmes cloîtrés dans leur cantonnement.
Et puis, surtout, des êtres d'un autre âge. Et c'est en

nous qu'ils ne croyaient plus. Il n'y eut jamais de combat général, fille, et il faut longtemps pour admettre ça, il faut longtemps pour comprendre à quel point on s'est trompé. Je me souviens des corps mutilés des militaires, après la prise de la caserne, et des shakos couverts de sang que l'on brandissait, des coffres que l'on ouvrait, les cris de frénésie des hommes, l'ivresse de la victoire et de la rapine.

Malgré ce que je te dis, fille, nous avons été forts, et nous y avons cru. Et aujourd'hui je me dis que cette illusion, il aurait mieux valu que nous ne la connaissions jamais. Dans le nord, les frères Gambini et le rebelle Sarocchi mettaient les pièves du Deçà des Monts à feu et à sang. Ils furent bientôt rejoints par le jeune Antomarchi, et ils firent trembler le pouvoir, comme jamais il n'avait tremblé depuis le temps lointain où nos aïeux avaient dû affronter les canons de la conquête. Les Gambini tuaient et pillaient, ils apposaient des placards sur les portes des maisons, on les craignait et on les admirait. Leur parole était implacable, et elle portait l'espoir éternel de ceux que l'on a forcés un jour à baisser la tête.

Honneur aux vrais patriotes, écrivaient-ils, *et honte éternelle à tous ceux qui oublient le pays auquel ils doivent le jour.*

Et ils ne promettaient pas la guerre, ils la faisaient, ils la portaient, cruelle et résolue, partout où se trouvaient nos ennemis, partout où les uniformes de la tyrannie souillaient notre terre par l'injustice et la corruption, par l'ignoble sentiment de supériorité de celui qui tient le glaive. Alors nous avons fait notre jonction. Les bandes du nord et du sud se sont unies. Et elles ont proclamé que Poli en serait le chef perpétuel et qu'il aurait le droit de vie et de mort sur tous les traîtres et les renégats qui nous tourneraient le dos. Nous n'avions jamais été aussi puissants, et aussi sûrs de nous. Des centaines d'hommes, qui opéraient partout dans le pays, et qui étaient insaisissables. Nous surgissions des tempêtes, lorsque les Bleus ne s'y attendaient pas, et nous mettions à sac leurs campements. Si le temps était aux grandes chaleurs, nous allumions des incendies autour de leurs casernes, nous brûlions leurs jardins misérables et nous nous emparions de leur bétail famélique, qu'ils n'avaient plus le temps d'engraisser. Si la neige tombait, nous disparaissions au sommet des montagnes, et leurs poursuites ne donnaient rien, car nos traces se perdaient sous les flocons de l'hiver. Si le printemps renaissait, ils mouraient de s'être mis en chasse, et nous les attendions embusqués dans chaque défilé. Peu à peu, face à nous, ils devinrent des pantins, des ennemis de pacotille, et il s'en fallut de peu, fille, de vraiment peu, qu'ils n'abandonnent cette guerre et qu'ils ne capitulent.

Alors ce sentiment, cet ignoble sentiment de supériorité, et d'invulnérabilité, c'est nous qui nous sommes mis à l'éprouver. Et comme notre ennemi n'en était plus un, que nous le sentions à genoux et prêt à lâcher prise, nous sommes allés chercher d'autres ennemis, et d'autres guerres, et nous avons inventé des dangers là où ils n'étaient plus. Sublimés, transcendés par la puissance, nous avons exercé la puissance. Et nous nous sommes retournés contre ce peuple que nous avions imaginé libérer, et qui était le nôtre. Nous étions sans pardon. Nous traquions les inactifs, et nous mations les indécis. Et nous en vînmes à ne plus voir que le peuple tout entier était composé d'inactifs et d'indécis, et de malheureux qui ne pouvaient pas choisir, ou qui n'en pouvaient plus des choix qu'on leur imposait.

Je me souviens. C'est un matin d'été, et nous sommes une quarantaine. Des hommes de tous les coins de l'île, armés de bons fusils anglais de contrebande, de sabres et de poignards, prêts à la tuerie générale tandis que d'autres, venus avec de nombreuses mules et chevaux, nous attendent dans un sous-bois. Bientôt nous sommes cent, et nous marchons dans un silence de mort sur un sentier, vers l'intérieur des terres. Une halte dans un village où nous prenons des provisions payées en sous de cuivre, et la compagnie s'ébranle de nouveau. Un plateau auquel on accède par une gorge tortueuse où coule une rivière, des bergeries où l'on passe une nuit. Des femmes craintives offrant du lait salé et le seul vin de leurs réserves. Le lendemain, la garnison qui tient le col, les soldats observés de loin. En attendant le bon moment on se terre dans des cavernes que nous ont indiquées des gens de la région, leur entrée masquée par des broussailles. Puis un guetteur annonce que six cavaliers ont quitté le fortin, ils reviendront au soir en prenant le sentier des éboulis. Tous les hommes sont postés contre le vent, comme à une battue, et personne ne dit mot. Nous attendons le soir, tapis dans les escarpements, armes chargées et poignards sortis des fourreaux. Peu avant la nuit, les six cavaliers reviennent, ils traînent derrière eux des mulets chargés de ravitaillement. Tous les hommes font feu au même signal faisant d'un seul coup chuter de leur monture presque tous les soldats, dont certains, les pieds emprisonnés dans leurs étriers, sont traînés par les chevaux sur une courte distance. Deux hommes s'emparent des bêtes de tête, les mulets se sont emballés, l'un d'entre eux se jette dans le précipice avec son chargement, un autre est saisi au mors. À terre deux soldats respirent encore, l'un n'a eu que le bras cassé. Des hommes lui mettent des coups de pied dans la tête. Il crie. Poli sort un pistolet qu'il tient chargé à la ceinture, tire une balle dans la tête du survivant et l'on n'entend plus que les gémissements du second blessé dont un jeune combattant écrase la tête avec une pierre sans que nul ne fasse un geste. Et je ne sais pas quel est son nom, et je ne sais pas s'il n'est pas moi. Ce que je sais, c'est que le soldat arrête de gémir. Et que sa tête est maintenant en bouillie. On s'affaire après les chevaux et les mulets, on ramasse les armes et on dépouille les cadavres de leurs uniformes, on met la main sur quelques bourses, un homme s'affuble d'un couvre-chef qu'il exhibe comme un trophée, on n'oublie pas d'émasculer les victimes, pour payer tribut à la haine, et parce que l'impression sera plus forte sur les ennemis, puis, tout aussi vite, on disparaît, le fortin n'est qu'à une courte distance, inutile d'attendre que les renforts interviennent, tout s'est passé comme prévu. Il y a de fortes chances pour que la garnison ne se mette pas en branle dans l'immédiat, la peur est certes dans le camp des Bleus, mais il est inutile de prendre des risques stupides. On suit un guide à travers la forêt, bientôt une crête est franchie, puis commence la descente vers la plaine, il y a un fleuve mais on connaît le gué. La nuit on dort dans une chênaie inaccessible, on partage le contenu des bourses, pas grand-chose, on se nourrit du ravitaillement des morts, puis au matin on repart. Une rumeur veut que les notables du village suivant où l'on s'arrête aient aidé l'ennemi. Poli et Antomarchi entrent avec quelques hommes dans la maison forte, on palabre un instant avec le chef de cette bourgade puis on ordonne le pillage. Les rebelles entrent dans la maison et dévastent toutes les pièces, on fouille les meubles, dévalise, gifle les serviteurs, un homme crache sur le notable, pendu à une poutre, une langue énorme jaillissant de sa bouche grande ouverte. On prend tout ce qui a de la valeur et pourra être revendu sur les marchés des villes côtières, une servante est emmenée dans une étable, Poli remonte à cheval et chevauche sur la place du village, il toise les maisons aux volets clos, le fusil à la main, pendant que la troupe charge des bissacs pleins de fromages sur des mulets, des hommes qui se remontent les braies sortent de l'étable, après quoi on s'en va, cavaliers et train de bêtes. Pendant quelques jours, la troupe se cache dans les forêts, puis un autre jour tout recommence, et nous ne savons plus contre qui nous luttons. Les Bleus et le peuple, tout se confond dans une même folie suspicieuse, et c'est tout ce qu'il y a à retenir, la guerre et la folie, la folie et la guerre, et au final, que sommes-nous devenus ? Une horde. Une meute de chiens enragés, et le sang et la haine sont les seuls ingrédients de notre combat. Les seules choses qui nous maintiennent encore en vie. Et nous sommes les maîtres du pays. Là où s'arrêtent les routes et les bornes du conquérant, là où commencent les noires forêts et les montagnes escarpées, là où s'ouvrent les défilés sauvages et où sont perchés les villages perdus, nous sommes les maîtres. Et nous sommes les maîtres de notre folie et de nos illusions, de nos chimères sans cesse réalimentées et renouvelées le soir au coin du feu où nous ressassons en riant les horreurs du quotidien pour les exorciser et leur redonner le sens qu'elles n'ont plus. Et nous rions, buvons et nous enivrons, jusqu'à vomir notre terreur, et le dégoût de nous-mêmes.

Il y eut quelqu'un, dans les préfectures, qui comprit vite que pour attraper un rebelle, il fallait quelqu'un qui parlât leur langue et qui se fût abreuvé au même lait nourricier et eût grandi sous le même ciel, joué dans les mêmes rivières à attraper le poisson à main nue, il y eut quelqu'un qui comprit que pour nous tuer, il fallait soudoyer nos frères. Et c'est ainsi qu'ils levèrent les compagnies de voltigeurs. Quatre cents hommes sans patrie, et dépourvus de tout scrupule. Quatre cents fils de putes, la lie du pays, qu'ils s'en allèrent chercher dans les bagnes, au fond des plus innommables tavernes, dans les prisons et aux galères, quatre cents traîtres infâmes à qui l'on donna des armes, et des sous à profusion, et un uniforme marron au col jaune, couleur de fiente, qui leur allait à ravir. Je voudrais te dire, fille, que nous les avons affrontés avec bonheur, je voudrais te dire que jamais le succès ne couronna l'œuvre de ces lâches, ces fils dégénérés de notre terre. Mais hélas, et tu le sais, il n'en fut rien. Ceux-là ne restaient pas enfermés dans des fortins, ils ne tremblaient pas comme des feuilles à la nuit venue, et ils connaissaient le pays comme nous le connaissions, ils buvaient le vin dans les mêmes maisons. Ils ne craignaient ni la tempête ni les incendies, et lorsque venait l'hiver, ils ne se fiaient pas aux traces que la neige emportait, et si le printemps revenait, il était tout autant leur allié que le nôtre, et eux connaissaient les défilés où nous attendre. Ils nous exterminèrent, fille, ainsi en alla-t-il. Ils firent de nous des bêtes traquées, attendant que nous soyons séparés pour fondre sur nous tels des rapaces. Et ceux qui tombaient entre leurs serres étaient mis en pièces, déchiquetés. Ils tranchaient nos têtes et s'affublaient de colliers d'oreilles, ils faisaient tout ce que nous faisions, et à la fin ils furent vainqueurs. Et c'est ainsi, lorsqu'il n'y eut plus d'espoir, et lorsque l'étendard fut à terre, que nous nous embarquâmes. Il y avait des terres désolées en Sardaigne, où les fugitifs pouvaient trouver asile, il y avait ces maremmes en Toscane, qui, de tout temps, avaient servi de base arrière à nos partisans. Il y avait des endroits où l'on disait qu'on ne nous trouverait pas. Et nous sommes partis. Pour suivre d'autres chimères. D'autres étoiles qui ne luisaient que d'un éclat trompeur. Et d'autres chemins qui ne menaient nulle part.

Je pourrais te dire une dernière fois, Vénérande, l'excitation et la rage, la fierté et la terreur, toutes ces choses ressenties, à l'occasion d'autres combats, en d'autres lieux, mais tu sais déjà tout ça, et la vérité n'en serait qu'à moitié révélée. Je devrais te dire, plutôt, la honte et la déchéance, je devrais te parler d'un homme encore jeune, et dont tous les tribunaux voulaient la perte. Je devrais faire remonter du néant ces souvenirs, et dire que le retour était une folie. Quelle vie aurais-je eue, fille, si j'avais eu ce courage de ne pas revenir ? Aurais-je été cet assassin, aurais-je été cet homme à qui l'on donne de l'argent pour qu'il supprime des vies, pour qu'il se fasse le bras armé des pleutres, leur morne exécuteur ou le ridicule jouet d'une partialité aussi implacable que muette? Aurais-je été cet homme nommé l'Enfer? Ou aurais-je, dans un village toscan, épuisé d'être un fuyard, été celui qui s'abandonne à la main qui le désaltère? Le regard bienveillant d'une fille de ferme, la compassion prodiguée, la chance trouvée au creux de draps complices. Aurais-je dû saisir ces instants, et me dire que c'était possible? Me dire tu vaux si peu, mais mieux déjà que tout ce qui t'attend. Ou bien, sur les quais de Céphalonie, n'aurais-je pas dû, en bon opportuniste, m'embarquer sur ce navire qui partait pour l'occident et les terres d'Espagne, et me faire marchand, filer aux Amériques, y dompter des sauvages? Qu'aurait été ma vie, fille, si tous ces mauvais choix je ne les avais faits? Me suffit-il d'en avoir conscience? Me suffit-il de t'en parler pour qu'enfin je m'en libère? Me suffit-il de dire que je regrette pour qu'on me laisse en paix? Pour qu'on me laisse reposer.

Et toi? Non pas immaculée, mais ignorante, et jeune, tout autant que je l'ai été, auras-tu cet éveil? Auras-tu cette chance de voir en face les abysses qui t'attendent? Et les démons tapis qui te guettent dans l'ombre, et qui ne rêvent que de se repaître de cette fatalité que tu traînes à chacun de tes pas? Ou bien te faudra-t-il une vie pour te retourner, et comprendre, et expier? Il ne me reste plus de temps, Vénérande, et la lumière va s'éteindre, et nul ne doit me pleurer. Mais moi je te pleure, si tu ne comprends pas qu'il n'y a rien en moi d'estimable, rien à sauver de ce désastre, et que ce chemin n'est en rien méritoire. Je te pleure, si tu vois de l'exemplarité là où n'était que désespoir, et si tu ne tournes pas le regard loin des tombeaux, loin de l'orgueil borné et du sang inutile, loin de tes propres chimères.

21

Des corbeaux prenaient déjà position sur les hauteurs, s'apprêtant à fondre sur les corps ensanglantés qu'ils savaient être une pitance, lorsqu'elle conduisit les chevaux sur le théâtre de la fusillade. Elle fit boire à *L'Infernu* l'eau d'une gourde, et s'occupa de lui du mieux qu'elle put, lui bandant la tête et lui caressant les cheveux comme à un enfant. Il mit plusieurs heures avant de parler, et d'essayer de se relever. Elle s'assura alors qu'il pouvait y parvenir et l'adossa à un rocher après lui avoir roulé une veste en boule dans le dos. Il geignait malgré lui à chaque mouvement. Son corps l'abandonnait. Par instants, il sombrait dans une sorte de coma léger, puis il revenait à lui et la regardait. Il lui rendit même plusieurs fois son sourire. Enfin, avant que la nuit ne tombe, il dit qu'il se sentait mieux, et que si elle l'aidait il essaierait de se remettre en selle.

L'effort avait été plus grand lorsqu'elle avait tiré l'autre salopard dans l'ouverture de la cabane, et qu'elle l'y avait saigné comme une truie. Aider *L'Infernu* à monter sur son cheval fut moins difficile, mais il ne parvenait pas à garder l'équilibre, s'affaissant sur l'encolure de l'animal, risquant à tout moment de s'effondrer. Elle glissa les deux fusils derrière la selle, rehaussant les crosses afin qu'elles lui maintiennent le dos, et lui fit passer une corde autour de la taille, qu'elle lia des fusils à la selle et jusqu'au pommeau afin de fabriquer un carcan rudimentaire qui le maintiendrait en place : s'il s'accrochait aux brides et au pommeau, il pourrait tenir. Il lui assura qu'il n'allait pas lâcher. Elle remonta alors en selle à son tour, tendit un lien entre son cheval et celui de *L'Infernu*, et ils se mirent enfin en marche vers les hauteurs du canyon, abandonnant la mule d'appoint. Ayant pris la tête, elle regardait en arrière et s'avisait en permanence que les attaches tenaient bon et qu'il ne tombait pas de sa monture tout en dirigeant le pas des bêtes pour éviter les précipices. Elle y parvint tout autant concentrée sur elle-même qu'en proie à un état second qui confinait à l'instinct de la bête quand sa survie est en jeu. Ainsi laissèrent-ils derrière eux la sombre vallée des trois frères, et aussi trois cadavres bourdonnants de mouches d'automne, et des vaches à l'abandon, et un jardin et des enclos dévastés. Pas un instant elle ne songea à sa victoire. Elle était seulement hantée par ce chaos qu'ils avaient semé, et la décomposition qui allait commencer à partir des blessures, du sang coagulé avant de gagner la totalité des chairs pour les boursoufler. Les animaux des forêts termineraient le travail. Jour après jour, jusqu'au blanchiment des os, jusqu'à leur ensevelissement sous le lichen et l'humus tombé des arbres et porté par le vent. Aucune victoire. Juste une chose que l'on a faite, et qui était une sale chose. Et un soulagement étrange contrebalancé – pour toujours – par un sentiment de nausée et les images concrètes, ignominieuses, du fruit de la haine.

Lorsqu'ils sortirent de la vallée, et qu'ils se trouvèrent sur le plateau, au milieu des pins, ils ne firent pas halte et franchirent le cirque de dalles granitiques pour foncer vers les sous-bois à l'instant où le ciel se déchaînait, lâchant des trombes d'eau et d'effrayantes salves d'éclairs. Elle cherchait le sentier dans la forêt et, ne le trouvant pas, ou ne rencontrant qu'un torrent improvisé, elle s'en inventait un autre qui rasait les parois rocailleuses, et en même temps elle tirait sur le lien entre les deux montures, pour maintenir *L'Infernu* dans la bonne foulée. Lui délirait, courbé sur le cou de l'animal, les reins immobilisés dans son corset de crosses, sans, peut-être, plus tout à fait comprendre ce qu'il faisait là. Ils auraient pu s'arrêter, se mettre à l'abri, mais elle accéléra le rythme. Malgré la nuit, malgré le déluge. S'ils s'arrêtaient, il était mort. Si elle le faisait descendre à cet instant du cheval, jamais il ne pourrait se remettre en selle, et il crèverait dans le linceul de boue et d'épines de pins, dans les ténèbres d'une nuit d'orage, et elle n'aurait d'autre choix que de l'abandonner, comme un renard mort, dans l'anfractuosité terreuse d'une saillie de roches. Elle alla puiser au fond d'elle-même une dernière énergie, et lorsque la pluie cessa, ils étaient sortis des défilés, et de la forêt, et la lune éclairait des étendues de champs murés, des clairières de chênes aux feuilles mouillées qui miroitaient comme des lucioles, et elle trouva un sentier boueux entre des murs aux pierres recouvertes d'une mousse foncée, un sentier de dalles et de terre glissante qui gravissait un long coteau. Elle vit des jardins, et des clôtures en bois qui dessinaient des agencements sophistiqués qu'elle n'avait jamais vus, et sut ainsi qu'elle était dans un pays inconnu. Il y eut encore des bergeries fermées, certaines abandonnées depuis longtemps, des maisonnettes en pierres de ramassage, et des champs d'oliviers à perte de vue. Et, dans le jour naissant, ils parvinrent, tout au bout de leurs forces, sur le parvis d'un couvent, dans la senteur des noyers qui le cerclaient, et elle décida alors qu'ils n'iraient pas plus loin.

Elle frappa à la porte du couvent, en battant un grand anneau de fer contre le bois, et un homme en robe de bure ne tarda pas à accourir, suivi d'un autre, puis d'autres encore. Elle prononça juste un mot, asile, et personne ne posa de questions. Les frères la soutenaient maintenant, car elle était au-delà de l'épuisement, et d'autres détachaient l'homme inconscient et à la tête bandée de son harnais d'armes à feu. Ils devaient bien deviner à qui ils avaient affaire, mais ils ne dirent rien, juste des recommandations entre eux, pas une seule question, et ils les transportèrent à l'intérieur du grand bâtiment silencieux. Elle les supplia d'aider l'homme, de le protéger, de le soigner, elle dit qu'il avait de l'argent, beaucoup d'argent, trois mille francs or, et plus, elle répéta plusieurs fois la somme, elle lui devait cet argent, et elle tendit une bourse qui le contenait, elle la tira de son corsage, mais personne ne voulut la prendre. À la fin elle s'effondra, vaincue par la fatigue et la fièvre, et on la coucha dans les draps rêches d'une cellule austère, glacée, où l'on alluma un brasero qui bientôt se mit à rougeoyer et à réchauffer la pièce.

Elle fut réveillée par des chants de messe, qui montaient d'une chapelle en contrebas. Il faisait jour et le soleil était haut, un soleil cuivré d'automne, qui redonnait vie aux feuilles brunes des marronniers à l'extérieur. Sur une petite table en face du lit, une cuvette à l'émail écaillé, de l'eau à l'intérieur. Elle émergea péniblement, accompagnée dans son éveil par l'austérité des chants liturgiques ; ils semblaient vouloir lui rappeler où elle se trouvait. Elle resta longtemps assise face à la cuvette, un linge trempé contre son front. La fièvre était sans doute tombée, mais une barre persistante pesait à l'intérieur de sa tête, comme une douleur légère, diffuse, une trace maligne de sa chevauchée nocturne. Quand elle fut prête, elle ouvrit la porte de la cellule et se retrouva dans un long couloir scandé de portes toutes semblables qu'inconsciemment elle se mit à compter, avant de se rendre compte de l'inanité de la chose et de s'avancer sur le carrelage froid du couloir. Elle s'engagea sur des marches usées et descendit vers le lieu d'où montaient les chants, puis elle fut au rez-de-chaussée, devant une porte qui s'ouvrait sur la chapelle où les frères priaient. Elle resta là un instant, ne sachant que faire : des moines se tenaient sur les flancs de la chapelle, certains de dos, et d'autres qui lui faisaient face sans la regarder, et un clerc assisté d'un vieillard au regard éteint, qui, de l'autel, conduisait le culte.

Elle se détourna de cette vision, comme si ces rituels ne la concernaient plus, comme si la somme de ses péchés lui interdisait désormais de pénétrer la sphère du pardon et des repentances, et elle imagina chercher ailleurs un souffle d'air pur, trouver la sortie de ces murs sombres qui peut-être la protégeaient, mais qui pesaient sur elle d'un poids accusateur qu'elle ressentait d'instinct. C'est alors qu'elle se trouva nez à nez avec un homme qui lui parut familier, en qui elle reconnut le moine qui, le premier, l'avait accueillie à la porte du couvent. L'homme lui sourit et resta quelques secondes face à elle en la regardant comme s'il essayait de la rassurer par sa seule présence, de lui transmettre une bienveillance naturelle qui eût été en lui. Venez, finit-il par lui dire à voix basse en lui saisissant amicalement le bras, l'entraînant loin des chants et de l'oppressante liturgie. Et tout en cheminant dans le dédale des couloirs qui menaient vers l'extérieur, il lui demanda si elle allait bien, et il se présenta comme étant frère Antoine, celui qui le premier lui avait ouvert les portes du monastère, et s'était occupé d'elle durant les trois jours de fièvre délirante qui l'avaient clouée sur le lit de sa cellule.

Ils passèrent par les cuisines, où elle dévora sans retenue des œufs frits et du pain trempé dans l'huile de cuisson comme l'eût fait une sauvage émergée de la forêt, puis le moine souriant l'invita à la suivre, et ils marchèrent sur une place de terre battue, à l'extérieur du bâtiment pour s'asseoir enfin sur un banc de pierre, à l'ombre des marronniers.

Nous sommes les missionnaires oblats de Marie-Immaculée, dit frère Antoine. Tant que tu es ici, et ainsi que tu l'as sollicité, nous t'offrons notre droit d'asile. Il y a des règles de discrétion à observer, mais sache que tu es notre invitée. Comme tu es une femme, attends que les frères t'adressent la parole en premier, ne sois pas ostentatoire, mais ne t'inquiète de rien. Personne ne te veut du mal. On ne cherchera pas à savoir qui tu es, mais si tu as besoin de parler, tu me feras signe et je t'écouterai. Sois en paix, et repose-toi le temps qu'il faudra, parce que tu as été très malade, et sûrement très éprouvée. Voilà, si tu as besoin de quoi que ce soit, je suis là, et les autres aussi.

Elle ne répondait pas. Elle ne savait même pas quoi dire. Elle essayait bien d'être attentive à tout ce qu'il disait, mais il lui était encore difficile de retrouver tous ses esprits. Ils restèrent assis un bon moment. L'homme la rassurait : il était là, patient, et ne semblait ni vouloir précipiter les choses ni la brusquer. Elle comprenait qu'il attendait qu'elle pût se sentir mieux, en confiance.

Je ne suis pas prête à parler, mon père, lâcha-t-elle finalement, tout en gardant la tête baissée.

Ça ne fait rien.

Plus tard peut-être. Il y a des choses qui me font mal. De ce que j'ai vécu.

Tu n'es pas obligée. Repose-toi, et reprends des forces.

Trois jours vous dites ?

Oui, tu es restée trois jours quasiment inconsciente. Tu as beaucoup déliré. Mais je pense que la fièvre est tombée. Ce matin tu allais mieux.

Au bout d'un instant, elle fut prise d'une grande inquiétude. Elle venait de réaliser qu'il ne lui parlait pas de *L'Infernu*. Elle releva les yeux vers lui, et le fixa intensément, cherchant des mots qu'elle n'arrivait pas à formuler. L'homme savait peut-être que les choses allaient se passer de cette manière. Il demeura dans son attitude sereine, le regard résolument calme.

Une certaine habitude, peut-être. D'un visage qui interroge, avec cette expression qu'ont les gens quand ils s'apprêtent à entendre des choses définitives.

L'homme qui était avec toi, il n'a pas survécu.

Elle resta un moment comme ça, à le regarder, le temps d'intégrer ce qu'il venait de dire, qu'elle avait deviné avant de l'entendre. Et elle lutta intérieurement, parce qu'il fallait bien accepter qu'il en fût ainsi. Parce que, depuis le début, c'était l'issue la plus prévisible. Elle baissa à nouveau la tête, et son regard se perdait dans une sorte d'absence. Elle ne voyait sans doute pas les feuilles qui voletaient sur le sol, ni les bogues de châtaignes qui s'agglutinaient à ses pieds. Seulement des instants terribles, une longue chevauchée inutile, et la tempête qui se déchaînait au-dessus de leurs têtes. Elle avait échoué. Et tout ça n'avait servi à rien. La mort des Santa Lucia, ces horreurs que ses yeux avaient vues, ce qu'elle avait fait. Et le prix à payer. Pour lui. Et pour elle, maintenant, quoi qu'il advînt dans les années à venir. Elle n'avait rien gagné. Et semé la mort autour d'elle. Et un homme en robe de bure à ses côtés s'efforçait de lui prodiguer sa gentillesse et sa compassion, alors qu'elle ne méritait que les pierres de la lapidation, et que sa vie ne valait plus rien. Pas une minute, pourtant, elle n'éprouva le besoin de s'apitoyer sur son sort, elle s'asséca juste intérieurement, et, dès cet instant, elle commença à devenir morne, et dure, et sèche comme un ruisseau qui s'épuise dans la grève.

Il a dit quelque chose?

Il n'a pas passé la deuxième nuit. Il était trop affaibli par les coups qu'il avait reçus, apparemment. Et c'était un vieil homme. Sans doute qu'il était parvenu tout au bout de ses forces.

Il n'a rien dit avant de partir ? Pour moi ?

Il a beaucoup divagué lui aussi, ma fille, il a raconté des bribes de choses, des vieilles histoires qui semblaient le tourmenter. Et puis il s'est éteint, c'est tout.

Il était très malade, aussi.

Sans doute. Il paraissait effectivement très mal en point. Il serait peut-être mort même sans ses blessures.

Je peux le voir, mon père ?

Nous l'avons mis en terre avant que tu ne reviennes à toi.

Vous l'avez enterré ?

Oui. Dans le carré des anonymes. Mais il a pu entendre les derniers sacrements. Il est maintenant avec le Seigneur, son père.

J'espère qu'il est pardonné.

Je ne sais pas ma fille, je l'espère aussi.

Il la mena au cimetière, dans une dépendance bordée par un petit bois et qui offrait une vue en à-pic sur une profonde vallée, et il lui présenta l'emplacement où de la terre fraîche avait été remuée. Une croix avait été confectionnée, avec des planches claires soigneusement rabotées. Rien d'autre. Elle se planta là, devant la tombe, les bras longeant le corps, avec les paumes vers l'extérieur, et le moine restait en arrière d'elle, sans mot dire. L'incrédulité, et un sentiment d'extrême vacuité envahissaient son âme qui n'était plus, à ce moment précis, qu'un champ de désolation. Elle le revoyait de manière si nette, elle se rappelait les derniers instants de quiétude avant le combat final, elle s'était tellement battue, pour le traîner là, lui blessé, à l'agonie, mais vivant. Les mots qu'il lui disait, encore quelques jours auparavant. Son visage, fatigué, mais toujours beau, et tellement vivant. Le son de sa voix, son ironie. Et il était là maintenant. Sous cette terre remuée. Son dernier séjour. Voilà tout ce qu'elle avait réussi à faire. L'amener au lieu de son repos éternel. Et ne pas être là au moment où il pénétrait dans les limbes. Ne pas lui avoir fermé les yeux.

Son nom, c'était Ange Colomba, dit-elle sans se retourner.

Oui. Certains frères savaient qui il était.

Alors pourquoi une tombe anonyme ?

C'est une des choses qui revenaient, dans son délire. Un désir plusieurs fois exprimé. Ajouté aux atrocités de ses récits, même s'ils n'étaient pas toujours cohérents, il nous a semblé qu'il était judicieux de respecter ce vœu.

Elle pensa aussi que ce serait mieux ainsi. Seuls les cieux sauraient où s'était arrêtée la piste d'un homme nommé l'Enfer. Nul n'irait chercher en amont de ce tombeau. Nul ne le pourrait jamais. Elle n'ajouta rien quant à la manière dont on le surnommait, mais elle pensa qu'à l'évidence les moines connaissaient aussi ce détail. Alors il n'y avait rien à ajouter. Puisqu'ils la protégeaient – au nom de quoi – et puisque la route de *L'Infernu* ne mènerait nulle part, il n'y avait rien à ajouter, rien à comprendre. Adieu, dit-elle intérieurement, adieu vieil homme, puisses-tu maintenant reposer en paix, et puissent les charognards qui guettaient ta présence oublier qui tu étais, jusqu'à la fin des temps.

L'effacer. Ne plus évoquer son patronyme, ni ce qu'il avait fait, ni même ce qu'il avait incarné. Au meilleur de sa vie. Si tout cela avait existé. L'oublier afin que nul ne vînt jamais piétiner cette terre sanctifiée où dormait pour toujours un homme au nom de démon.

Elle resta deux jours encore au monastère, évitant le contact avec les moines, n'échangeant que les quelques mots qui étaient nécessaires, puis elle parla une dernière fois avec frère Antoine. Elle lui donna l'argent qui était dans sa bourse, et qu'il avait déjà refusé, insistant sur le fait que c'eût été le vœu du vieil homme, que lui-même aurait voulu payer pour faire retraite parmi eux, et frère Antoine finit par accepter, mais seulement une partie de la somme, pour les œuvres du monastère. Il accepta également le cheval et la selle du défunt, et, en échange, tendit à la femme Vénérande un petit sac en cuir qui contenait tout ce qui avait appartenu à *L'Infernu* : une longue-vue télescopique d'un autre âge, une tabatière en argent, deux couteaux pliants, une fiole d'eau-de-vie, une gourde finement gravée confectionnée dans une courge séchée, et qui portait les initiales T et P, ainsi qu'un carnet de complaintes italiennes qu'elle ne pouvait pas lire. Il y avait aussi un rasoir dont la lame était finement ciselée, un blaireau usagé, et un moule à main pour fabriquer des balles en plomb. À quoi s'ajoutaient des pièces en or, aussi, dont elle connaissait la provenance et qui, sur son insistance, complétèrent le don fait au monastère. Rien d'autre. Elle prit le sac pour l'attacher plus tard sur la croupe de son cheval. Le dernier soir, elle resta longtemps en compagnie de frère Antoine, tous deux assis sur un banc de la chapelle où elle avait entendu les chants le matin de son éveil. On sait qu'elle parla longtemps, tordue de douleur, qu'elle pleura le visage déchiré et les tourments d'un frère, qu'elle évoqua le grand courage d'un vieil homme que l'histoire ne pourrait ni comprendre ni juger, et qu'elle maudit les hommes et son pays natal. Et qu'elle se maudit elle-même pour la folie qui la guettait, et pour la nature abjecte et les terres arides qui l'avaient nourrie et enfantée. On n'en sait pas plus. Si elle se confessa, si frère Antoine sut trouver les mots pour l'apaiser. On pense juste qu'il l'écouta, et qu'il accompagna sa peine. Du mieux qu'il put.

Elle partit à l'aube du troisième jour de sa rémission. Vers les montagnes. Vers le levant. Et en disparaissant sur la crête, alors que le soleil naissant engloutissait comme une ombre sa silhouette insignifiante, elle sortit elle-même de la mémoire des hommes.

22

Une maison en pierres sèches, et les vents qui pénètrent par les meurtrières aux engravures vides. Le toit est effondré, et la poutre faîtière a éventré les planchers de bois pourri jusqu'à l'entresol. Un lit de lierre s'est étendu jusqu'à mi-mur, recouvrant les gravats de tuiles et de mortier et entamant les lézardes corrodées que la pluie ronge plus profondément chaque année. Par endroits, un crépi bleu est resté en place, étonnant vestige d'un confort oublié Un bleu de chaux qui voudrait contraster, dans une sorte de gêne, dans un malaise inexplicable, avec le gris des boiseries et l'oxydation roussâtre des pierres à nu. Nulle trace des anciens meubles dans l'enchevêtrement des sols, nulle présence des coffres aux clous travaillés, et des malles aux objets de cuivre. Des tessons gisent sous les ronciers, anciennes porcelaines, verre déflagré de bouteilles mortes, vaisselles brisées et argileuses. Les alentours sont de broussailles, et la placette a vu pousser les asphodèles et les poireaux sauvages.

Des champs clos aux murs démantelés. Étonnamment n'y perdure qu'une herbe rase, comme si les buissons sacrilèges hésitaient encore à franchir les murailles, comme si une ombre les repoussait, perpétuellement, comme si le ciel en ces endroits suffisait à contenir les assauts de la barbarie végétale. Une aire de battage, plus loin, qui ne résonne plus du cri des vanneurs. Et les fléaux ont disparu, seules des feuilles volantes tombant des maigres feuillus s'exposent encore à la brise, seules ces feuilles agitées pour servir d'ivraie.

Au levant déserté, la ligne où la mer blanche se perd dans le néant. Et des îlots apparaissent, ne reposant sur rien.

Du plateau désolé où il n'est plus de rêve, personne pour hanter les sentes et élaguer les ramures des lentisques ou des arbousiers gras. Personne pour griffer au canif la nervure des chênes pubescents, marquer d'un signe son passage, signaler qu'une main s'est posée là. Le chemin qui gravissait la gorge est de même abîmé, livré aux ruissellements, et les dalles ont glissé jusque dans les ravins sur les bris des rochers. Le granit des crêtes est semblable à ce qu'il fut toujours, veillant tel un incube au corps lourd sur un cauchemar minéral, et les perforations où nichent les perdreaux sont des yeux excavés, cent et mille, qui guettent les intrus et les oppressent de leur morbide inanité.

Et la source tarie où l'on puisait de l'eau. Le bassin que l'humus a comblé. Il n'est plus rien qui rappelle qu'on ait vécu ici, ou que ce fut possible, ou que des voix résonnaient et qu'on les entendait, il n'y a rien qui dise les anciennes joies, les mariages oubliés, et les drames muets, et la peine des hommes qui arrachaient à la terre impitoyable un larcin de misère. Les oliviers ne disent pas ce qui se déroula sous leurs ombres, ils taisent le poison que les fraîcheurs inoculaient, et les fièvres dormantes, là où stagnait le ru, et les terres acides ne rendent pas les corps ensevelis, et rongés, ceux qui toussaient, ceux qui crachaient du sang, ceux qui mouraient avant même d'être nés.

Et il n'est pas de témoignage à vos consciences mortes. Dans le chaos de ce granit, là où les crevasses de la pierre et les sillons des hommes ne donnent plus vie qu'à des lits d'astragales ou des tapis de faux-pourpiers, il n'est nulle réminiscence d'un visage déchiré qui se cachait au jour naissant. Et rien n'évoque plus la silhouette de cette femme au regard fou, et à l'allure frénétique, qui courait dans les embruns matinaux à on ne sait quelle tâche. Rien ne dit, et ne dira jamais, s'ils furent les derniers à jeter la clé de leur maison damnée, les derniers à en chasser les âmes qui y rôdaient toujours, et nul ne vous dira non plus qui a chassé les fantômes qu'ils devinrent eux-mêmes. Un homme et une femme, emportés dans les tréfonds du temps muet, comme furent emportés leurs secrets, et leur souillure aussi, et tout ce qui était innommable, et charnel, ou que vous ne voudrez entendre.

N'y pensez pas, oubliez-la. Ne voyez pas en elle tout ce qu'elle ne fut pas. Effacez de votre imagination les rapprochements douteux. Les amalgames injustifiables. Ne faites pas comme si vous aviez vu surgir son image, énigmatique et prodigieuse, sur une plaque en verre au collodion. Et ce regard perçant, étrangement moderne, cette attitude d'effronterie princière, de fureur enfouie, quasi kabyle, cette lèvre prognathe et provocante, et cette profondeur qui vous aurait glacés, et cet accoutrement à la barbare, un mélange des temps, qui aurait dit les Deux-Siciles avant leur mort, et ce turban défait sur des cheveux lâchés, tel un diadème inconvenant, ce négligé parfait et inconscient, qui se rit des puissants et de leur ordre, et qui l'aurait fait passer pour une sœur lointaine de Michelina de Cesare. Ne dites pas n'importe quoi. Gardez silence. Puisqu'il vous faut affronter les siècles sans souvenirs, puisqu'il vous faut errer, sans savoir qui vous êtes.

En d'autres lieux, loin d'où nous sommes, vous verseriez des larmes pour des Apaches en guerre. On vous dirait Cochise, ou même Geronimo, et les sonorités de ces noms vous seraient familières. Vous y verriez tant de conscience, et vous comprendriez peut-être tant de choses. Votre empathie, et votre admiration, elles seraient absolues.

Sous d'autres cieux, en d'autres lieux, les ruines de cahutes en adobe frissonneraient encore pour vous du souvenir d'un héros de misère, et les spectres de la *mesa* murmureraient aux brises nocturnes le nom de Joaquin Murrieta. Vous en seriez malades.

Sous d'autres cieux, en d'autres lieux, là où le Rio Grande charrie ses eaux boueuses comme des sanglots de sang, là où les empires s'affrontaient pour un arpent de désert mouvant et que des exilés entonnaient le chant désespéré des piétailles meurtries, on vous dirait un nom, et ce nom serait John Riley, et vous rêveriez de mutins montant aux échafauds, d'hommes que l'on marquait au fer comme du bétail, et vous en frémiriez, en entendant leurs cris.

Là où des plaines naissent à la morsure de vieilles forêts, là où des migrants hallucinés avaient créé un monde fou, tel un miroir brisé découpant son reflet, le nom de William Quantrill viendrait frapper à vos oreilles, ou bien celui de Bloody Bill Anderson vous saisirait à l'infini, et si vous ne pourriez comprendre l'ambiguïté des causes perdues, au moins vous inclineriez-vous en évoquant le courage insensé, et les chevauchées sans fin des guerriers de la nuit. Entendez-les, ils se battaient pour rien, mais le pays, et la rivière franchie, le village investi, ou simplement le défilé hautain d'abjects uniformes, sous d'autres cieux, en d'autres lieux, faisaient lever les hommes.

Ici redisons-le, il n'est nulle mémoire.

Et pas une gravure des guerriers étendus. Leurs corps même, où sont-ils? Et leurs noms, qui les dit? Leurs chants, qui s'en souvient? Tombés face à un mur, effondrés dans un champ, des hommes prenant la pause tout en les exhibant – comme des bêtes sauvages. Des trophées infamants. Il ne reste d'eux que la poussière qu'ils sont, et que le temps a balayée et puis éparpillée, ne reste qu'un silence qui pèse sur la défaite. Ne vous retournez pas sur l'échec et la honte. Ne vous retournez pas sur votre création.

Ne reste ici, redisons-le, qu'un plateau désolé, et une maison laminée par le temps. Ne reste ici qu'une conscience morte, et l'ignorance qui obture les destins. Alors tournez la tête, et maintenant fermez ce livre. Il n'y est nul message qui vous soit adressé. Seule une rêverie, ou un égarement, le temps de marcher une dernière fois aux côtés de la fille. De revoir les fantômes auxquels elle croyait, et qui hantaient les bords des torrents, de ressentir encore avec elle la fraîcheur sous les oliviers, ou bien d'imaginer ces fours où elle cuisait son pain, de les revoir comme s'ils existaient toujours, et de ne plus les voir et de tourner la page.

Ou bien le temps de l'imaginer, lui dont nous parlions, ange ou démon, et qui dort maintenant dans notre oubli. Il est pourtant là, quelque part. Le bord droit relevé de son chapeau de feutre, la main négligemment posée sur le pommeau d'une selle, et la crosse d'un fusil qui apparaît derrière le flanc de sa monture. Il semblerait qu'il monte encore la garde en attendant ses compagnons. Des montagnes irréelles projettent enfin leur ombre sur cette ultime image. Le fleuve coule à ses pieds, et qui emporte tout. Alors rouvrons les yeux et regardons ailleurs. Demain ne sera pas pire que ces temps qui furent. Il sera autre chose et nous n'y pouvons rien. Rouvrons les yeux et regardons ailleurs. Mais vers où, qui le sait ? Fermons le livre, et ne pensons plus ni à lui, ni à la fille, ni à ceux qui luttaient et peut-être pour rien. Fermons ce livre pour toujours, le livre de ces temps, et de tous ces outrages. Car maintenant, c'est sûr, ils ne reviendront pas.

REMERCIEMENTS

Je voudrais remercier ici ceux qui ont contribué, par leurs relectures ou leurs conseils, à tirer ce livre vers le meilleur. C'est en tout cas ce que j'espère. Je pense donc à mes amis Jérôme Luciani, Jean-François Rosecchi et Jean-Yves Acquaviva, ainsi qu'à l'historien Didier Rey, vieux compagnon de route, qui m'a ouvert ses propres archives et qui a supervisé la crédibilité de ce roman. Son regard éclairé m'a été précieux. Ma gratitude va également envers mon éditrice Marie-Catherine Vacher, qui a su relire ce texte en y apportant toutes les remarques et les corrections qui s'imposaient, et qui surtout m'a accompagné au cours des derniers mois avec une bienveillance rigoureuse dont j'avais grand besoin. Merci en particulier, et pour finir, à mon complice Xavier Forconi, dont la mémoire orale a fortement contribué à l'existence de ce récit. Et enfin à Diane Egault, qui m'a soutenu au quotidien, et qui m'a offert toute sa compréhension et son infinie patience. Dans les heures parfois difficiles de l'écriture de ce livre, elle a été là à chaque instant.

OUVRAGE RÉALISÉ
PAR L'ATELIER GRAPHIQUE ACTES SUD
ACHEVÉ D'IMPRIMER
SUR ROTO-PAGE
EN SEPTEMBRE 2014
PAR L'IMPRIMERIE FLOCH
À MAYENNE
POUR LE COMPTE DES ÉDITIONS
ACTES SUD
LE MÉJAN
PLACE NINA-BERBEROVA
13200 ARLES

DÉPÔT LÉGAL
1re ÉDITION : AOÛT 2014
N° impr. : 87388
(Imprimé en France)

Le point de vue des éditeurs

Résolue à venger son frère, à qui quatre répugnantes crapules ont tranché la langue sans oublier de le défigurer, Vénérande, jeune paysanne au cœur aride, s'adjoint les services de *L'Infernu*, tueur à gages réputé pour sa sauvagerie, et s'embarque avec lui dans une traque sanguinaire à travers les montagnes corses du XIXᵉ siècle.

Au gré de leur chevauchée vers la tanière des Santa Lucia – la fratrie à abattre –, *L'Infernu* raconte à sa "disciple" son engagement, jadis, dans l'armée des insoumis, meute de mercenaires sans foi ni loi prompte à confondre patriotisme, geste guerrière et brigandage éhonté, semant terreur et chaos de vallées escarpées en villages désolés, de tavernes et bordels immondes en marécages infestés. L'abandon avec lequel *L'Infernu* se livre à Vénérande, au terme d'une existence passée à chercher en vain son humanité au-delà du chaos des armes, confère au sanglant baroud d'honneur de ce vaincu de l'Histoire les vertus d'une ultime et poignante transmission, qui culmine lors de l'assaut final.

Insolemment archaïque et parfaitement actuelle, cette épopée héroïque en forme de "western" réinvente superbement l'innocence des grands récits fondateurs à l'état natif, quand le commerce des hommes et des dieux, des héros et des monstres, pouvait encore faire le lit des mythes sans que nulle glose n'en vienne affadir les pouvoirs.

Né en 1968, Marc Biancarelli est enseignant de langue corse. Poète, nouvelliste, dramaturge et romancier, il a publié de nombreux ouvrages en corse et en français, pour l'essentiel aux éditions Albiana, où la version originale de Murtoriu *(Actes Sud, 2012) a paru en 2009.*

ACTES SUD

DÉP. LÉG. : AOÛT 2014
20 € TTC France
www.actes-sud.fr

ISBN 978-2-330-03593-8

9 782330 035938